U0898241

# 老舍小传

老舍（1899.2.3—1966.8.24），我国现代文豪，小说家，戏剧作家。原名舒庆春，字舍予，满族，北京人。出身寒苦，自幼丧父，北京师范学校毕业，早年任小学校长、劝学员。1924年赴英在伦敦大学东方学院教中文，开始写作，连续在《小说月报》上发表长篇小说《老张的哲学》、《赵子曰》、《二马》，成为我国现代长篇小说奠基人之一。归国后先后在齐鲁大学、山东大学任教，同时从事写作，其间代表作有长篇小说《猫城记》、《离婚》、《骆驼祥子》，中篇小说《月牙儿》、《我这一辈子》，短篇小说《微神》、《断魂枪》等。抗日战争爆发后到武汉和重庆组织中华全国文艺界抗敌协会，对内总理会务，对外代表“文协”。创作长篇小说《四世同堂》，并对现代曲艺进行改良。1946年赴美讲学，四年后回国，主要从事话剧剧本创作，代表作有《龙须沟》、《茶馆》，荣获“人民艺术家”称号，被誉为语言大师。曾任中国文学艺术界联合会副主席、中国作家协会副主席及北京市文联主席。1966年“文革”初受严重迫害后自沉于太平湖中。

# 赵子曰

老舍 著

舒乙 主编

译林出版社

图书在版编目（CIP）数据

赵子曰 / 老舍著. —南京：译林出版社，2012.5
（老舍作品集）
ISBN 978-7-5447-2506-4

I.①赵… II.①老… III.①长篇小说－中国－现代
IV.①I246.5

中国版本图书馆 CIP 数据核字（2011）第 249291 号

赵子曰　老　舍／著

责任编辑　王兰英
特约编辑　邓　敏
装帧设计　鹏飞艺术
校　　对　刘文硕
责任印制　贺　伟

出版发行　译林出版社
地　　址　南京市湖南路 1 号 A 楼
邮　　箱　yilin@yilin.com
网　　址　www.yilin.com
市场热线　010-85376701
排　　版　鹏飞艺术
印　　刷　三河市华润印刷有限公司
开　　本　889 毫米 ×1194 毫米　1/32
印　　张　6.75
版　　次　2012 年 5 月第 1 版
印　　次　2024 年 8 月第 2 次印刷
书　　号　ISBN 978-7-5447-2506-4
定　　价　47.00元

# 第　一

## 1

钟鼓楼后面有好几家公寓。其中的一家，字号是天台。天台公寓门外的两扇三尺见长，九寸五见宽，贼亮贼亮的黄铜招牌，刻着："专租学员，包办伙食。"

从事实上看，天台公寓的生意并不被这两面招牌限制住：专租学员吗？遇有空房子的时候，不论哪界人士也和学生们同样被欢迎。包办伙食？客人们除非嫌自己身体太胖而想减食去肉的，谁也不甘心吃公寓的包饭；虽然饭费与房租是同时交柜的。

天台公寓的生意也并不因为履行招牌上所说的而减少：唯其不纯粹招待学生，学生才来得更踊跃，唯其饭食不良，住客们才能享受在别个公寓所享不到的利益。例如，拿两件小事说：客人要叉麻雀，公寓的老板就能请出一两位似玉如花的大姑娘作陪。客人们要喝酒，老板就能供给从京北用猪尿脬运来的，真正原封、漏税的"烧刀子"。

天台公寓住着有三十上下位客人，虽然只有二十间客房。因为有两位客人住一间的，而没有一位住两间的。这二十间客房既不在一个院子里，也不是分作三个院子，折衷的说，是截作两个院子；往新颖一点说，是分为内外两部。两部之中隔着一段粉板墙，上面彩画一些人物鬼狐。有人说画的是《聊斋志异》上的故事。不幸，还没遇见一位敢断定到底画的是《聊斋》上哪一段。

内外两部的结构大大的不相同：外部是整整齐齐的三合房，北、南、西房各五间；内部是两间北房，三间西房，（以上共二十间客房。）和三间半南房是：堆房、柜房、厨房和厕所。

公寓老板常对有考古癖的客人们说：“在公寓开张以前，这本来是两家的房子，中间隔着一堵碎砖砌的界墙。现在那段粉板墙便是界墙的旧址。”此外，他还常含着泪说：拆那堵界墙时候，从墙基发现了一尊小铜菩萨。他把那尊菩萨卖了三块洋钱。后来经别人一转手卖给一个美国人，竟自卖了六百块大洋。到如今那群有考古癖的人们，想起来就替公寓老板伤心，可是很少有追问那尊小菩萨到底是哪一朝代的。

因为有这样的结构，所以客人们管外部叫“紫禁城”，内部叫“租界”。一因其整齐严肃，一因其散落幽静。证之事实，“紫禁城”和“租界”两个名词用得也颇俏皮恰当，外部的房屋齐整，（十五间中甚至于有两间下雨不漏水的！）租价略高，住客们自然的带一些贵族气象。内部呢，地势幽僻，最好作为打牌喝酒的地方，称为租界，信为得体。就是那半间厕所，当客人们不愿见朋友或债主子的时候，也可以权充外国医院，为，好像，政客们的托疾隐退之所。

## 2

关于天台公寓的人物的描写实在是件难事。一来，住客们时来时去，除了几位没有以常搬家为一种运动的习惯的，很少有一住就是一年半载的。二来，一位客人有一位的特别形体的构造，和天赋的特性；要是不偏不向的细说起来，应当给他们一一的写起传记来才对。而且那一本传记也不会没有趣味，因为那一个人的生命都有一种特别滋味的。里院王大个儿的爱唱《斩黄袍》，外院孙明远的小爆竹似的咳嗽，王大个儿半夜三更的唱《斩黄袍》，以抵抗孙明远的连珠炮响的咳嗽，……就是这些小事也值得写一本小说；再往小里说，崔老板的长杆大烟袋，打杂的李顺的那件短袖长襟宽领缺纽的蓝布大衫，也值得描写一回。然而，取重去轻，我们还不能不简单着写：虽然我们明知道天台公寓的真象决不像我们所写的这样粗简。当我们述说一个人或一件事的时候，我们耳边应当挂着王大个儿的《斩黄袍》和孙明远的咳嗽；眼前应当闪映着崔老板的大烟袋，和李顺的那件在历史上有相当价值的蓝布大衫。这样，我们或者可以领略一些天台公寓的复杂情况了。

老太太买柿子是捡大个儿的挑，历史家写历史是选着红胡子蓝靛脸的人物写，就是小说家也常犯这路“势力眼”的毛病；虽然小说家，比老太太和历史家聪明一些，明知道大个儿的柿子未必不涩，红胡子蓝靛脸的人们未必准是英雄。无论怎么说吧，我们不能不由天台公寓全体的人物中挑出几个来写。

## 3

天台公寓的外部以第三号，五间北房当中的那一间，为最大，公认为天台公寓的“金銮殿”。第三号的主人也俨然以内外部的盟主自居。

第三号的主人是天台公寓最老的住客，一部《天台公寓史》清清楚楚印在他的脑子里，他的一举一动都有所影响于公寓的大局。不但此也，第三号的主人是位最和蔼谦恭的君子。不用说对朋友们虚恭有礼，就是对仆役们也轻易不说一个脏字；除了有时候茶泡的太淡，酒热的过火，才金声玉振的赞美仆役们几声：“混蛋！”不但此也，第三号的主人是《麻牌入门》，《二簧批评原理》的著作者。公寓的客人们不单是亲爱他，也很自傲的能和这样一位学者同居。不但此也，第三号的主人在大学，名正大学，学过哲学，文学，化学，社会学，植物学，每科三个月。他不要文凭，不要学位，只是为学问而求学。不但此也，第三号的主人对他父母是个孝子，虽然他有比一脑子还多的“非孝”新思想。每月他至少给他父母写两封信，除催促汇款之外，也照例写上“敬叩钧安！”不但此也，……

第三号的主人的姓？居《百家姓》的首位，赵！他的名？立在《论语》第一章的头上，子曰！

赵子曰先生的一切都和他姓名一致居于首位：他的鼻子，天字第一号，尖、高、并不难看的鹰鼻子。他的眼，祖传独门的母狗眼。他的嘴，真正西天取经又宽又长的八戒嘴。鹰鼻、狗眼、猪嘴，加上一颗鲜红多血、七窍玲珑的人心，才完成了一个万物之灵的人，而人中之灵的赵子曰！

他不但得于天者如是之厚，凡加以人事者亦无所不尽其极：他的皮袍，从“霜降”穿过“五七国耻纪念日”，半尺来长的雪白麦穗，地道西口老羊皮。他的皮鞋，绝对新式，英国皮，日本作的，冬冷夏热，臭闻远近的牛皮鞋。……

道德，学问，言语，和其他的一切，不跟别人比较，（也没有比较的必要。）他永远是第一。他不要文凭，学位；有时候可也说：

“咱若是要学位的时候，不要哲学博士，不要文学博士；咱要世界第一，无所不有的总博士。”

有两件事他稍微有一点不满意：住的房是第三号，和上学期考试结果的揭示把别人的姓名都念完，才找到“赵子曰”三个墨饱神足的大字，有点儿不高兴！然而，（然而，一大转也。）客人们都管第三号叫“金銮殿”，自然第一号之意寓其中矣。至于名列榜末呢，他照着镜子自己勉励：“倒着念不是第一吗！”于是那一点不高兴，一片雪花儿似的那一点，没其立足之地了。

还有一件不痛快的事，这一件可不似前二者之容易消灭：他的妻子，在十年前，（赵子曰十五岁结婚。）真是九天仙府首席的小脚美人。他在结婚后三个月中，受爱情的激动，就写了一百首七言绝句赞扬她的一对小金莲。现在赶巧了在隆福寺的旧书摊上，还可以花三个铜子买一本赵著的《小脚集》。可是，现在的人们不但不复以窄窄金莲为美，反异口同韵的诋为丑恶。于是“圣之时者”的赵子曰当然不能不跟着人们改换了“美”的观念。他越看东安市场照像馆外悬着的西洋裸体美人画片，他越伤心家中贮藏着的那个丑女。

他本是个海阔天空，心怀高朗的学者，所以他只诚实的赏识真的美，只勤恳的搜求人生的真意，而不信任何鬼气弥漫的宗教。不幸，自从发觉了他那“头”，或者说那“匹”，妻子的短处以后，他懊悔的至于信了宗教以求一些精神上的安慰。他的信仰物，非佛，非孔，非马克思，更非九尾仙狐，而是铁面无私的五殿阎君。牌余酒后，他觉得非有些灵魂上的修养不可，他真的秉着虔诚，匍匐在地的祷告起来：

“敬求速遣追魂小鬼将贱内召回，以便小子得与新式美人享受恋爱的甜美！阎君万岁！阿门！”

祈祷之后，他心中轻快了许多，眼前光明了许多，好似他的灵魂在七宝莲池中洗了一回澡。他那个小脚冤家，在他半闭着的眼中，像一条黑线似的飞向地狱去了；然后金光万道，瑞彩千条，无数的维新仙子从天上飘然而降。他的心回复了原位，周身的血脉流的顺了故辙，觉得眼前还有一盏一百二十烛力的西门子电灯，光明！希望！他从无聊之中还要安慰自己，“来吧！再爽快爽快！”于是“金銮殿”中两瓶烧酒由赵子曰的两片厚嘴唇热辣辣直刺到他灵魂的深处！

可怜的赵子曰！

# 第　二

## 1

第三号差不多是天台公寓的公众会议厅：一来是赵子曰的势力所在，号召得住。二来是第三号是全公寓中最宽绰的房子。

第三号的聚谈和野树林一样：远看是绿丛丛的一片，近看却松，槐，榆，柳各有特色；同样，他们的谈话远听是一群醉鬼奏乐，乱吵；近听却各有独立不倚的主张与论调：

“你说昨天那张‘白板钓单’钓的多么脆！地上见了一张——”

第一位没有说完，第二位：

“店主东，黄骠马的马字，不该耍花腔儿呀！谭叫天活着的时候——”

第二位没说完，第三位：

“敢情小翠和张圣人裂了锅啦！本来吗——”

第三位没说完，第四位：

“你们想，我入文学系好，还是哲学系好？我的天性近——”

第四位没说完，大家一齐喊：

“莫谈学事！”

第三号的聚谈如此进行，直到大家的注意集中于一点，第三号的主人开始收拾茶碗，墨盒，和旁的一切可以用作武器的东西。因为问题集中的时候，茶碗墨盒便要飞腾了。第三号的主人倒不准是胆子小怕流血，却是因为茶碗摔碎没有人负责赔偿。

第三号的聚谈，凭良心说，也不是永远如此，遇到国家，社会，学校发生重大事故的时候，大家也真能和衷共济的讨论救济的方法。不幸，就是有时候打起来，第三号的主人也甘心为国家，社会而牺牲几个茶碗。

## 2

夜深了，若不是钟鼓楼的钟声咚咚的代表着寒酸贪睡的北京说梦话，北京城真要像一只大死牛那么静寂了。鬼似的小风卷着几片还不很成熟的雪花，像几个淘气的小白蛾，在电灯下飞舞。虽然只是初冬的天气，却已经把站街的巡警冻得缩着脖子往避风阁里跑了。

这种静寂在天台公寓里是觉不到的，因白天讲堂上睡足了觉的结果，住客们不但夜间不困，而且显着分外精神。王大个儿的《斩黄袍》已从头至尾唱了三遍。孙明远为讨王大个儿的欢心，声明用他的咳嗽代替喝彩。里院里两场麻雀打得正欢，输急了的狠命的摔牌，赢家儿微笑着用手在桌沿上替王大个儿拍板。外院南屋里一位小鼻子小眼睛的哲学家，和一位大鼻子大眼睛的地理家正辩论地球到底是圆的还是方的。两位的辩论毫无结果，于是由这个问题改到讨论：到底人们应当长大鼻子大眼睛，还是小鼻子小眼睛。……

只有北屋里的方老头儿安稳的睡熟了，只有他能在这种环境下睡的着，因为他是个聋子。

第三号里八圈麻雀叉完，开始会议关于罢课的事情。赵子曰坐在床上，臀下垫着两个枕头，床沿上坐着周少濂，武端。椅子上坐着两位：莫大年和欧阳天风。

天台公寓住着有三十上下位客人，现在第三号的会议却只有此五位：一来因为客人们并不全属于一个大学；二来纵然同是一个大学的学友，因省界，党系之不同，要是能开超过十个人以上的会议，也显着于理不合。

周少濂是位很古老的青年，弯弯的腰像个小银钩虾。瘦瘦的一张黄脸像个小干橘子。两只小眼永远像含笑，鼻尖红着又永远像刚哭完。这样似笑不笑，似哭非哭的，叫人看着不能起一定的情感。细嫩的嗓音好似个七八岁的小姑娘，可是嗓音的难听又决不是小孩子所能办到的。眉上的皱纹确似有四五十岁了，嘴唇上可又一点胡子茬没有。总之，断定他至小有七岁，至大有五十，或者没有什么大错儿。他学的是哲学，可是他的工夫全用在作新诗上。他自己说：他是以新诗来发表他的哲学。不幸，人们念完他的新诗，也不知为什么就更糊涂了。他张口便是新诗，闭口便是哲学。没有俏皮的诗句，该他说话的时候也不说。有漂亮的诗句，不该他说话的时候也非说不可。现在他穿着一件灰布棉袍，罩着一件旧蓝哔叽的西服上身。这样不但带出几分“新”的味道，而且西服口袋多，可以多装一些随时写下来的诗句的纸条儿，以免散落遗失了。

至于武、莫二位呢，他们全是学经济学的。他们听说西洋银行老板，公司经理全是经济专家。他们也听说：银行老板，与公司经理十个有九个是秃脑瓢，双下巴颏儿，大肚子；肚子上横着半丈来长的金表链。所以，他们二位也都是挺腰板，鼓肚皮，缩脖子，以显项上多肉。至于二位不同之点虽然很多，可是最容易看出来的是：莫大年的脸，红的像一盘缩小的朝阳，武端的脸是黄的似一轮秋月。莫大年的红脸肉嘟嘟的像个小胖子，人们也叫他小胖子；武端的黄脸上肉也不少，可是没有人想起叫他小胖子。有些人实在想叫他“小肿子”，又觉得不好出口，虽然肿和胖是差不多的。莫大年是心广体胖，心里有什么，嘴里就说什么。武端是心细体胖，心里揣着好的，嘴里却说着坏的，因为坏的说着受听。莫大年是肥棉袍，宽袖马褂，好像绸缎庄的少掌柜的。武端是青呢洋服，黄色法国式皮鞋，一举一动都带着洋味儿。

欧阳天风呢，他在大学预科还不满七年呢，大概差两个学期。他抱定学而不厌，温故知新的态度，唯恐其冒昧升级而根基打的不坚固。他和赵子曰的每科学三个月的方法根本不同，可是为学问而求学的态度是有同样的可佩服的。他的面貌，服装，比赵子曰的好看的不止十倍，可是他们两个是影形不离的好朋友。赵子曰只有和欧阳这么个俊俏的人相处，才坦然不觉自己的丑陋；欧阳天风只有和赵子曰这样难看的人相处，才安然不疑自己的娇美。他们两个好像庙门前立着的那对哼、哈二将，唯其不同，适以相成。他们两个还有一点不同的地方：赵的入学是由家里整堆往外拿洋钱，在公寓中打麻雀西唧花唧一五一十的输洋钱。欧阳不但不用从口袋里往外掏钱，却是因叉麻雀赚钱而去交学费。设若工读互助会要赠给半工半读的人们奖牌，那可以无疑的断定，那块金质奖牌是要给欧阳天风的。他们两个的经济政策根本不同，可是在麻雀场上使他们关系越发密切；赵子曰要是把钱输给欧阳天风，除了他以为叉麻雀是最高尚的游戏以外，他觉得无形中作了一桩慈善事业。

## 3

第三号的会议开幕：

“李顺！”主席，赵子曰，坐在床上像一座小过山炮似的喊：“李顺！”“李顺！”

没有应声！

“李——顺！——”主席的脸往下一沉，动了虎威。

没有应声！

“叫李顺干什么？”莫大年问。

“买瓜子，烟卷！没有这两样，这个主席我不能作！”赵子曰挑着眉毛很郑重的说。

“不早了，大概他睡了。”莫大年说着看了看胖手腕上的小金表：“可不是，两点十分了！”

“咱们醒着，打杂的就不能睡！”主席气昂昂的说。

“也别怪李顺，”莫大年傻傻忽忽的替李顺解说：“八小时的工作，不是，不是通行的劳工限制吗？”

“先别讲理论！他该睡，我们不该吃瓜子！”主席理直气壮的一语把莫胖子顶回去了！

屋中静默了一刻。

“不管理论，”莫大年低着头像对自己说：“人道要讲吧！”

“好！”主席说：“老莫，听你的，讲人道，瓜子不吃啦！

烟呢，难道也——”

“我有！来！吃一支！”武端轻快的打开银烟盒递给赵子曰。主席的虎项微俯，拿了一支烟。烟卷燃着，怒气渐次随着口中喷出的香雾腾空而散。

“我还是差涵养！”主席摇着头很后悔的样子说：“止不住发怒！你的话，老莫，永远和孔圣人一样的高明！好，现在该商议咱们的事了。我说，老李怎么不来?!”

“好！人家老李哪能和咱们一块会议！”武端慢慢的说：“你猜怎么着？哼！老李决不赞成罢课，不来正好！”

“主席！”周少濂诗兴已动，张着小鲇鱼似的嘴，扯着不得人心的小尖嗓，首先发言：“此次的罢课是必要的。看！看那灰色的教授们何等的冷酷！看！看那校长刀山似的命令，何等的严重！我们若不抵抗，直是失了我们心上自由之花，耳边夜鹰之曲！反对！反对科举式的考试！帝国主义的命令！”他深深的喘了一口气接着说：“从文学上看来，这是我的意见！”他又喘了一口气：“至于办法，步骤，还不是我脑中的潮痕所能浸到的！虽然，啊，——反对！”

“老周的话透澈极了！”主席说。跟着看了看手中的烟卷：“妹妹的！越吃越不是味儿！”他一撇嘴，猛的把烟卷往地上一扔。

“老赵，你忘了那是老武的金色的烟丝，雪白的烟纸，上印洋字，中含‘尼古丁’的烟卷儿吧?”周少濂乘着机会展一展诗才，决没有意思挑拨是非。

“我该死！”主席想起来那是武端的烟，含着泪起誓道歉：“老武！你不怪我，一定！我要有心骂你的烟，妹妹的，我不是人！”

“哼！要不是老周，这顿骂我算挨妥了呢！”武端脸上微微红了一红，把手插在裤袋里，挺了挺腰板说：“你猜怎么着？英雄造笑骂，笑骂造英雄，不骂怎会出英雄！骂你的，主席！”

“得了！瞧我啦！”莫大年笑着给他们分解：“商量咱们的事要紧，欧阳！该你说话了，别竟听他们的！”

欧阳天风刚要发言，被主席给拦回去了。

“老武！你看着，从此我不再吃烟，烟中有‘尼古丁’，毒素！”主席不但后悔错骂了人，也真想起吸烟的害处来：“诸位！以后再看见我吃烟，踢着我走！”他看着武端不言语了，才向欧阳天风说：“得！该听你的了！”

“我不从文学上看，”欧阳天风满脸堆笑，两条眉向一处一皱一皱的像半恼的，英俊的，恼着还笑的古代希腊的神像：“我从事实上想。校长，教员，职员全怕打。他们要考，我们就打！”说罢他把皮袍的袖口卷起来，露出一对小白肉馒头似的拳头。粉脸上的葱心绿的筋脉柔媚的涨起来，像几条水彩画上的嫩绿荷梗。激烈的言词从俏美的口中说出来，真像一朵正在怒放的鲜花，使看的人们倾倒，而不敢有一丝玩狎的意思。

“欧阳说的对极了！对极了！”主席疯了似的拍着手，扯着脖子喊，比在戏园中捧坤伶还激烈一些。

“我们有许多理由，事实，反对校长。”武端发言：“凭他的出身，你们猜怎么着，就不够作校长的资格！他的父亲，注意，他的父亲是推小车卖布的，你们知道不知道？”说到这里，他往四围一看：心中得意极了，好似探险家在荒海之中发现了一座金岛那样欢喜。“你们猜怎么着，本着平等，共和的精神，我们也不能叫卖布的儿子作校长！”

“老武的话对极了！”主席说，说完打了两个深长而款式的哈欠。

大家被主席引动的也啊——哈的打起哈欠来。

“诸位！赞成不？开开一扇窗子进些新鲜空气？”莫大年问。

众人没有回答，莫大年立起来把要往窗子上伸的那只手在大襟上掸了掸烟灰，又坐下了。

“没人理你，红色的老莫！”周少濂用诗人的观察力看出莫大年的脸红得像抹着胭脂似的。

“主席！”莫大年嘟嘟囔囔的说：“我困了！你们的意见便是我的意见，你们商议着，我睡觉去啦！”

“神圣的主席！原谅我！我黑色与白色的眼珠已一齐没有抵抗上层与下层的眼皮包围之力了！”周少濂随着莫大年也往外走。

“老莫！老周！明天见！”主席说。

“主席！”欧阳天风精神百倍的喊：“我们不能无结果而散！问问大家赞成‘打’不！”

“诸位！我们决定了：打！”主席说：“将来开全体大会的时候，我就代表天台公寓的学友说：打！是不是？”

“没第二个办法！”欧阳天风说：“没——”

莫大年和周少濂已经走到院中，漱漱的小雪居然把地上盖白了。周少濂跳着脚提着小尖嗓喊：

“老赵！还不出来看这初冬之雪哟！雪哟！白的哟！”

“是吗，老周？”赵子曰从床上跳下来往外跑。武端，欧阳天风也都跟出来。欧阳天风怕冷，抱着肩像个可爱的小猫似的跑进自己屋里去。赵子曰和武端都伸着两臂深深的吸着雪气。一个雪花居然被赵子曰吸进鼻子里去，化成一个小水珠落在他的宽而厚的唇上："哈哈！有趣！"

周少濂立在台阶用着劲想诗句，想了半天好容易想起两句古诗，加上了一两个虚字算作新诗，一边摇头一边哼唧：

"北雪呀——犯了～～～长沙！"

"胡雪哟＞冷啦＜万家！"赵子曰接了下句，然后说："对不对，老周？杜诗！杜诗！"

"老赵！'灰'色的胡云才对！"周少濂说完颇不高兴的走进屋里去。

"老武！"赵子曰放下周少濂，向武端说："还有烟卷没有？"

"踢着他走！"欧阳天风在屋里笑着嚷。

"踢我？你？留神伤了你的小白脚指头啊！"只要人们会笑，会扯下长脸蛋一笑，什么事也可以说过不算。赵子曰，于是，哈哈的笑起来。

# 第　三

## 1

桌上的小洋钟叮叮的敲了六下。赵子曰很勇敢的睁开眼。“起!”他自己盘算着:“到公园看雪去!老柏树们挂着白胡子,大红墙上戴着白硬领,美呀!……也有益于身体!”

南屋的门开了。赵子曰在被窝里瓮声瓮气的喊:“老李吧?干什么去?”

“踏雪去!”李景纯回答。

“等一等,一同去!”

“公园前门等你,雪下得不厚,我怕一出太阳就全化了!”李景纯说着已走到院中。

“好!水榭西边的小草亭子上见!”赵子曰回答。

街门开了,赵子曰听得真真的。他的兴味更增高了:“说起就起!一!二!三!”

“一……,二……,雪……,踏……”他脑中一圈两圈的画了几个白圈。白圈越转越小,眼睛随着白圈的缩小渐渐往一处闭。眼睛闭好,红松,绿雪,灰色的贾波林,……演开了“大闹公园”。

太阳慢腾腾的从未散净的灰云里探出头来,檐前渐渐的滴，滴，一声声的往下落水珠。

李顺进来升火，又把赵子曰的好梦打断："李顺！什么时候了？"

"八点多了？先生。"

"天晴了没有？"赵子曰的头依然在蓄满独门自制香甜而又酸溜溜的炭气的被窝里埋着。

"太阳出来好高啦，先生。"

"得！等踏泞泥吧！"赵子曰哀而不伤的叨唠着："可是，多睡一会儿也不错！今天是？礼拜四！早晨没功课，睡！"

"好热呀——白薯！"门外春二，"昔为东陵侯"，"今卖煮白薯"的汉军镶蓝旗人，小铜钟似的吆喝着。

"妹妹的！你不吆喝不成吗！"赵子曰海底捞月的把头深深往被里一缩："大冷的天不在家中坐着，出来挨骂！"

"栗子味咧——真热！"这一声差不多像堵着第三号的屋门喊的。

"不睡了！"赵子曰怒气不打一处来："不出去打你个死东西，不姓赵！"他一鼓作气的坐起来，三下五除二的穿上衣裤，下地，披上皮袍，跑出去！

"赵先生！真正赛栗子！"春二笑着说："照顾照顾！我的先生，财神爷！"

"春——二！"

"嗻！来呀，先生！看看咱的白薯漂亮不漂亮！"

"啊？"

"来，先生！我给您哪挑块干瓤儿的！"

赵子曰点了点头，慢慢的走过去。看了看白薯锅，真的娇黄的一锅白薯，煮得咕嘟咕嘟的冒着金圈银眼的小气泡。

“那块锅心几个子?”赵子曰舐了舐上下嘴唇，咽了一口隔夜原封的浓唾沫。

“跟先生敢讲价？好！随意赏!”春二的话说的比他的白薯还甜美，假如在“白薯界”有“卖白薯”与“说白薯”两派，春二当然是属于后一派。

赵子曰忍不住，又觉得不值的，笑了一笑。

春二用刀尖轻轻的把那块“钦定”的白薯挑在碟子里，跟着横着两刀，竖着一刀，切成六小块，然后，不必忙而要显着忙的用小木勺盛了一勺半粘汁，匀匀的往碟上一洒。手续丝毫不苟，作的活泼而有生气。最后，恭恭敬敬双手递给赵子曰。

“雪下完倒不冷啦?”赵子曰蹲在锅旁，一边吃一边说。对面坐着一个垂涎三尺的小黑白花狗，挤鼻弄眼的希望吃些白薯须子和皮——或总称曰“薯余”。

“是！先生！可不是!”春二回答：“我告诉您说，十月见雪，明年必是好年头儿！盼着啵，穷小子们好多吃两顿白面!”

“可是雪下得不厚!”

“不厚！先生！不厚！大概其说吧，也就是五分来的。不到一寸，不!”

赵子曰斜着眼瞪了春二一眼，然后把精神集中到白薯碟子上。他把那块白薯已吃了四分之三，忽然觉悟了：

“呸！呸！还没漱口，不合卫生！咳！啵!”

“先生！白薯清心败火，吃完了一天不漱口也不要紧!”春二笑着说，心中唯恐因为不合卫生的罪案而少赚几个铜子。

“谁信你的话，瞎扯！”赵子曰把碟子扔在地上，春二和那条小黑白花狗一齐冲锋去抢。小狗没吃成“薯余”，反挨了春二一脚。赵子曰立起来往院里走，口中不住的喊李顺。

“嗻！嗻！”李顺在院里答应。

“给春二拿一毛钱！”

“嗻！”

“好热呀——白薯！……”

## 2

李景纯是在名正大学学哲学的。秀瘦的一张脸，脑门微向前勺着一点。两只眼睛分外的精神，由秀弱之中带出一股坚毅的气象来。身量不高，背儿略微向前探着一些。身上一件蓝布棉袍，罩着青呢马褂，把沉毅的态度更作足了几分。天台公寓的人们，有的钦佩他，有的由嫉妒而恨他，可是他自己永远是很温和有礼的。

“老赵！早晨没有功课？”李景纯踏雪回来，在第三号窗外问。

“进来，老李！我该死，一合眼把一块雪景丢了！”赵子曰不一定准后悔而带着后悔的样子说。

“等再下吧！”李景纯进去，把一只小椅搬到炉旁，坐下。

“老李，昨天晚上为什么不过来会议？”赵子曰笑着问。

“我说话便得罪人，不如不来！”李景纯回答：“再说，会议的结果出不去‘打’，我根本不赞成！”

“是吗？好！老李你坐着，我温习温习英文。”赵子曰对李景纯不知为什么总有几分畏惧的样子。更奇怪的是他不见着李景纯也想不起念书，一见李景纯立刻就把书瘾引起来。他从桌上拿起一本小书，嗽了两声，又耸了耸肩，面对着墙郑重的念起来：“A boy，A peach”，他又嗽了两声，跟着低声的沉吟：“一个‘博爱’，一个‘屁吃’！”

“把书放下！”李景纯忍不住的笑了，“我和你谈一谈！”

“这可是你叫我放下书？”赵子曰板着面孔问。

李景纯没回答。

“得！”赵子曰噗哧一笑：“放下就放下吧！”他把那本小书往桌一扔，就手拿起一支烟卷；自然“踢着我走！”的誓谁也没有他自己记的清楚，可是——不在乎！

李景纯低着头静默了半天，把要说的话自己先在心中读了一遍，然后低声的问：

“老赵！你到年底二十六岁了？”

“不错呀！”赵子曰说着用手摸了摸唇上的胡子茬，不错，是！是个年壮力足虎头虎脑的英雄。

“比我大两岁！”

“是你的老大哥！哈哈！”赵子曰老气横秋的用食指弹了弹烟灰，真带出一些老大哥的派头。好像老大哥应当吃烟卷，和老爷子该吸鸦片，都应该定在“宪法”上似的。

“老大哥将来作什么呢？”李景纯立起来，低着头来回走。

“谁知道呢！”

“不该知道？”李景纯看了赵子曰一眼。

“这——该！该知道！”赵子曰开始觉得周身有些不自在，用他那短而粗好像五根香蕉似的手指，小肉扒子一般的抓了抓头。又特别从五个手指之中选了一个，食指，翻过来掉过去的挖着鼻孔。

“现在何不想想呢?”

“一时哪想得起来!”赵子曰确是想了一想，真的没想起来什么好主意。

“我要替你想想呢?”李景纯冷静而诚恳的问。

“我听你的!”赵子曰无意中把半支烟卷扔在火炉内，两只眼绕着弯儿看李景纯，不敢和他对眼光。

“老赵！你我同学差不多快二年了,”李景纯又坐在炉旁。“假如你不以我为不值得一交的朋友，我愿——”

“老李!”赵子曰显出诚恳的样子来了：“照直说！我要不听好话，我是个 dog，Mister dog!”说完这两个英国字，好在，又把恳切的样子赶走了七八分。

“——把我对你的态度说出来。老赵！我不是个喜欢多交朋友的人，可是我看准了一个人，不必他有钱，不必他的学问比我强，我愿真心帮助他。你的钱，其实是你父亲的，我没看在眼里。你的行为，拿你花钱说，我实在看不下去。可是我以为你是个可交的朋友，因为你的心好！——”

赵子曰的心，他自己听得见，直噗咚噗咚的跳。

“——你的学业，不客气的说，可谓一无所成，可是你并不是不聪明；不然你怎么能写《麻雀入门》，怎能把‘二簧’唱的那么好呢！你有一片好心，又有一些天才，设若你照现在的生活往下干，我真替你发愁!”

“老李！你说到我的心坎上啦!”赵子曰的十万八千毛孔，个个像火车放汽似的，飕飕的往外射凉气。从脚后跟到天灵盖一致的颤动，才发出这样空前的，革命的，口是心非的（也许不然）一句话。

“到底是谁的过错？”李景纯看着赵子曰，赵子曰的脸紫中又透着一点绿了，好像电光绸，时兴的洋服材料，那么红一缕，绿一缕的——并不难看！

“我自己不好！”

“自然你自己不能辞其咎，可是外界的引诱，势力也不小。以交朋友说，你有几个真朋友？以你的那个唯一的好友说，大概你明白他是谁，他是你的朋友，还是仇人？”

“我知道！噉——”

“不管他是谁吧，现在只看你有无除恶向善的心，决心！”

“老李！你看着！我只能用我将来的行为报答你的善意！”赵子曰一着急，居然把在他心中，或者无论在哪儿吧，藏着的那个“真赵子曰”显露出来。这个真赵子曰一定不是鹰鼻，狗眼，猪嘴的那个赵子曰，因为你闭上眼，单用你的“心耳”听这句话，决不是猪嘴所能喷出来的。

“如果你能逃出这个恶势力，第二步当想一个正当的营业！”李景纯越发的镇静了一些。

“你说我作什么好？”

“有三条道：”李景纯慢慢的舒出三个手指来，定睛看了手指半天才接着说：“第一，选一门功课死干四五年。这最难！你的心一时安不下去！第二，你家里有地？”

“有个十几顷！”赵子曰说着，脸上和心里，好像，一齐红了一红。惭愧，前几天还要指着那些田地和农商总长的儿子在麻雀场上见个上下高低！

“买些农学的书籍和新式农器，回家一半读书，一半实

验。这稳当易作，而且如有所得，有益于农民不浅！第三，”李景纯停顿了半天才接着说：“这是最危险的！最危险！在社会上找一些事作。没有充分的知识而作事，危险！有学问而找不到事作，甚至于饿死，死也光明；没学问而只求一碗饭吃，我说的是你和我，不管旁人，那和偷东西吃的老鼠一样，不但犯了偷盗的罪过，或者还播散一些传染病！不过，你能自己收敛，作事实在能得一些经验；自然好坏经验全可以算作经验！总之，无论如何，我们该当往前走，往好处走！哪怕针尖那样小的好事，到底是好事！”

李景纯一手托着腮，静静的看着炉中的火苗一跳一跳的好像几个小淘气儿吐着小红舌头嬉皮笑脸的笑。赵子曰半张着嘴，直着眼睛也看着火苗，好像那些火苗是笑他。伸手钻了钻耳朵，掏出一块灰黄的耳垢。挖了挖鼻孔，掏出小蛤螺似的一个鼻牛，奇怪！身上还出这些零七杂八的小东西！活了二十多年好像没作过一回自觉的掏耳垢和挖鼻牛，正和没有觉过脑子是会思想的，嘴是会说好话的器具一样！

“老赵，”李景纯立起来说：“原谅我的粗卤不客气！大概你明白我的心！”

“明白！明白！”

“关于反对考试你还是打呀？”李景纯想往外走又停住了。

“我不管了！我，我也配闹风潮！”

“那全在你自己的慎重，我现在倒不好多说！”李景纯推开屋门往外走。

“谢谢你，老李！”赵子曰不知不觉的随着李景纯往外走，走到门外心中一难受，低声的说：“老李！你回来！”

“有话说吗?”

“你回来！进来!”

李景纯又走进来。赵子曰的两眼湿了，泪珠在眼眶内转，用力耸鼻皱眉不叫它们落下来。

“老李！我也有一句话告诉你！你的身体太弱，应当注意!”

他的泪随着他的话落下来了!

只是为感激李景纯的话，不至于落泪。后悔自己的行为，也不至于落泪。他劝告李景纯了，他平生没作过！他的泪是由心里颤动出来的，是由感激，后悔，希望，觉悟，羞耻，一片杂乱的感情中分泌出来的几滴心房上的露珠！他的话永远是为别人发笑而说的，为引起别人的奉承而说的，为应酬而说的！他的唇、齿、舌、喉只会作发音的动作，而没有一回卷起舌头问一问他的心！这是他第一次觉得能由言语明白彼此的心，这是他第一次明白朋友的往来不仅是嘴皮上的标榜，而是有两颗心互相吸引，像两股异性的电气默默的相感！他能由心中说话了，他灵魂的颤动打破一切肢体筋肉的拘束，他的眼皮拦不住他的泪了！可是泪落下来，他心里痛快了！因为他把埋在身里二十多年的心，好像埋得都长了锈啦，第一次在光天化日之下血淋淋的掏出来给别人看!

可是，到底他不敢在院中告诉李景纯，好像莫大的耻辱是在大庭广众之下说从心中发出来的话！他没有那个勇气!

“老赵！你督催着我运动吧!”李景纯低着头又走出去了。

## 3

欧阳天风和武端从学校回来，进了公寓的大门就喊：

“老赵！老赵！”

没有应声！

欧阳天风三步两步跑到第二号去开门，开不开！他伏在窗台上从玻璃往里看：赵子曰在炉旁坐着，面朝里，两手捧着头，一动也不动。

“老赵！你又发什么疯！开门！”

“你猜怎么着？开门！”武端也跑过来喊。

赵子曰垂头丧气的立起来，懒懒的向前开了门。欧阳天风与武端前后脚的跳进去。武端跳动的声音格外沉重好听，因为他穿着洋皮鞋。

“你又发什么疯！”欧阳天风双手扶着赵子曰的肩头问。

赵子曰没有言语，这时候他的心还在嘴里，舌头还在心里，一时没有力气，也不好意思，叫他的心与口分开，而说几句叫别人，至少叫欧阳天风的粉脸蛋绣上笑纹的话。欧阳天风半恼半笑的摇晃着赵子曰的肩膀，像一只金黄色的蜜蜂非要把赵子曰心窝中的那一点香蜜采走不可。赵子曰心中一刺一刺的螫着，还不忍使那只可爱的黄蜂的小毛腿上不带走他一点花粉。那好似是他的责任。虽然他自觉的是那么丑的一朵小野菊！他至少也得开口，不管说什么说！

“别闹！身上有些不合适！”他的眼睛被欧阳天风的粉脸映得有些要笑的倾向了，可是脸上的筋肉还不肯帮助眼睛完成这个笑的动作。他的心好像东西两半球不能同时见着日光似的，立在笑与不笑之间一阵阵的发酸！

“我告诉你！明天和商业大学赛球，你的‘游击’，今天下午非去练习不可！好你个老滑头，装病！”欧阳天风骂人也是好听的，撇着小嘴说。

“赛球得不了足球博士！”赵子曰狠了心把这样生硬的话向欧阳天风绵软的耳鼓上刺！这一点决心，不亚于辛亥革命放第一声炮。

“拉着他走，去吃饭！你猜怎么着？这里有秘密！”武端说。

武端的外号是武秘密，除了宇宙之谜和科学的奥妙他不屑于猜测以外，什么事他都看出一个黑影来，他都想用X光线去照个两面透光。他坐洋车的时候，要是遇上一个瘸拉车的，他登时下车去踢拉车的瘸腿两脚，试一试他是否真瘸。他踢拉车的，决没有欺侮苦人的心；踢完了，设若拉车的是真瘸，他多给他几角钱，又决没有可怜苦人的心；总而言之，他踢人和多给人家钱全是为“彻底了解”，他认为多花几角钱是一种“秘密试验费”。他从桌上拿起那顶假貂皮帽，扣在赵子曰的肉帽架上，又从抽屉里拿出一个钱包，塞在赵子曰的衣袋里。他不但知道别人的钱包在哪里放着，他也知道钱包里有多少钱；不然，怎配叫作武秘密呢！

“真的！我不大舒服，不愿出去！”赵子曰说着，心中也想到：“为什么不吃公寓的饭，而去吃饭馆？”

“拉着他走！”武端拉着赵子曰的左臂，欧阳笑了一笑拉着他的右臂，二龙捧珠似的把赵子曰脚不擦地的捧出去。

出了街门，洋车夫飞也似的把车拉过来：“赵先生坐我的！赵先生！”“赵先生，他的腿瘸！……”

两条小龙把这颗夜明珠捧到车上，欧阳天风下了命令：“东安市场！”武端四围看了一看，看到底有没有瘸腿拉车的。没有！他心中有点不高兴！

路上的雪都化了，经行人车马的磨碾，雪水与黑土调成一片又粘，又浓，又光润的黑泥膏。车夫们却施展着点、碾、挑、跳的脚艺（对手艺而言）一路泥花乱溅，声色并佳的到了东安市场。

“先生，我们等着吧?”车夫们问。

“不等，叫我们泥母猪似的滚回去？糊涂!”武端不满意这样问法，分明这样一问，在大庭广众之下把武秘密没有“包车”的秘密揭破，岂有此理!

“杏花天还是金瓶梅?”欧阳天风问赵子曰。

(两个，杏花天和金瓶梅，全是新开的苏式饭馆。)

“随便!”赵子曰好像就是这两个字也不愿意说，随着欧阳天风，武端丧胆失魂的在人群里挤。全市场的东西人物在他眼中都似没有灵魂的一团碎纸烂布，玻璃窗子内的香水瓶，来自巴黎；橡皮作的花红柳绿的小玩意，在纽约城作的，——有什么目的？满脸含笑的美女们，比衣裳架子多一口气的美而怪可怕的太太们，都把两只比金钢钻还亮的眼睛，射在玻璃窗上；有的挺了挺脖子进到铺子里去，下了满足占据性的决心；有的摸了摸钱袋，把眼泪偷偷咽下去，而口中自言自语的说：“这不是顶好的货。”——这是生命？赵子曰在这几分钟里，凡眼中所看到的，脑中登时画上了一个“?”，杏花天？金瓶梅？我自己？……

“杏花天！喝点‘绍兴黄’!”武端说。然后对欧阳天风耳语：“杏花天的内掌柜的，由苏州来的，嘿，好漂亮啦!”

到了杏花天的楼上，欧阳天风给赵子曰要了一盒“三炮台烟”。赵子曰把烟燃着，眉头渐渐展开有三四厘，而且忘了在烟卷上画那个含有哲学性的“?”。

“老赵!”武端说：“说你的秘密!”

“喝什么酒?”欧阳天风看了武端一眼，跟着把全副笑脸递给赵子曰。——“?”

“不喝!”赵子曰仰着脸看喷出的烟。心中人生问题与自己的志趋的萦绕，确是稀薄多了，可是一时不便改变态度，被人家看出自己喜怒无常的弱点。

欧阳天风微微从耳朵里（其实真说不出是打哪一个机关发出来的。）一笑。然后和武端商量着点了酒，菜。赵子曰啷当一声把酒盅，跑堂儿的刚摆好的，扣在桌上。酒，菜上来，他只懒懒的吃了几口菜，扭着脖子看墙上挂着的“五星葡萄酒”的广告。

“老武！来！划拳!”

“三星!”“七巧!”“一品高升!”……

赵子曰眼看着墙，心中可是盼着他们问：“老赵！来!”他好回答他们：“不！不划!”以表示他意志坚定。不幸，他们没问。

“欧阳！三拳两胜一光当!”武端提起酒壶给欧阳天风斟上一盅。然后向赵子曰说：“给我们看着！你猜怎么着？欧阳最会赖酒!”

赵子曰没言语。

“老武!”欧阳天风郑重其事的说：“不用问他，他一定是不舒服！他要说不喝，就是不喝，甚至连酒也不看！这是他的好处!”

赵子曰心里痛快多了！欧阳天风的小金钥匙，不大不小正好开开赵子曰心窝上那把愁锁。会说话的人，不是永远讨人家喜欢，而是遇必要的时候增加人家的愁苦，激动人家的怒气。设若人们的怒气，愁闷，有一定的程度，你要是能把他激到最高点，怒气与愁闷的自身便能畅快，满足，转悲为喜，破涕为笑。正像小孩子闹脾气到不可开交的时候，爽得叫他痛哭一场；老太婆所谓“哭出来就好了！”者，是也。对于不惯害病的，你说：“你看着好多了！”当他不幸而害病的时候，他因你这个暗示，那荷梗，灯心的功效就能增高十倍。可是对于以害病吃药为一种消遣的人，你最好说“你还得保养呀！‘红色补丸’之外，还得加些‘艾罗补脑汁’呀！”于是他满意了，你的同情心与赏识“病之美”的能力，安慰了他。

欧阳天风明白这个！

武端划拳又输了，拿起酒盅一仰脖，嗞的一声喝净，把酒盅向赵子曰一亮：“干！”

赵子曰已经回过头来，又是皱眉，又是挤眼，似乎病的十分沉重。香喷喷的酒味一丝一絮的往鼻孔里刺，刺的喉部微微发痒。用手抓了抓脖子，看着好像要害“白喉”似的。

“老赵！”武端说：“替我划，我干不过欧阳这个家伙！”

赵子曰依旧没回答，手指头在桌底下一屈一伸的直动。然后把手放在桌上，左手抓着右手的指缝，好似要出“鬼风疙瘩”。

“老赵！”欧阳天风诚于中，形于外的说：“你是头疼，还是肚子不好？”

“疼！全疼！”赵子曰说着，立刻真觉得肚子里有些不合适。

“身上也发痒?”

“痒的难过!”

“风寒!”欧阳天风不加思索定了脉案。

“都是他妈的春二那小子,”赵子曰灵机一动想起病源,“叫我吃白薯,压住了风!”

“喝口酒试试?”欧阳天风说着把扣着的那只酒盅拿起来,他拿酒盅的姿式,显出十分恳切,至于没有法子形容。

“不喝!不喝!”赵子曰的脑府连发十万火急的电报警告全国。无奈这个中央政府除了发电报以外别无作为,于是赵子曰那只右手像饿鹰捉兔似的把酒盅拿起来。酒盅到了唇边,他的脑府也醒悟了:“为肚子不好而喝一点黄酒,怕什么呢!”于是脖儿一仰灌下去了。酒到了食管,四肢百体一切机关一齐喊了一声“万岁!”眉开了,眼笑了,周身的骨节咯吱咯吱的响。脑府也逢迎着民意下了命令:“着令老嘴再喝一盅!”

一盅,两盅,三盅,舌头渐渐麻的像一片酥糖软津津的要融化在嘴里,血脉流动的把小脚指头上的那个鸡眼刺的又痒痒又痛快!四盅,五盅,……

“肚子怎么样?”欧阳天风关心赵子曰差不多和姐姐待小兄弟一样亲切。

“死不了啦!——还有一点疼!一点!”

一,二,三,又是三盅!再要一斤!

“你今天早晨的不痛快,不纯是为肚子疼吧?”

“老李——好人!他教训了我一顿!叫我回家去种地!好人!”

"好主意!"武端说:"你猜怎么着?你回家,他好娶王女士!哈哈!"

"李瘦猴有些诡计多端呢!"欧阳笑着说。

…………

灯点上了,不知怎么就点上了!麻雀牌唏哩花拉的响起来,不知怎么就往手指上碰了!

"四圈一散!"赵子曰的酒气比志气还壮,血红的眼睛钉着那张雪白的"白板"。四圈完了。

"再续四圈,不多续!明天赛球,我得早睡!"

…………

"四点钟了!睡去!养足精神好替学校争些光荣!体育不可不讲,我告诉你们,小兄弟们!"

喔——喔——喔!鸡鸣了!

"风雨如晦,鸡鸣不已。"赵子曰念罢,倒在床上睡起来。

他在梦中又见着李景纯了,可是他祭起"红中""白板"把李景纯打的望影而逃!

## 4

商业大学的球场铺满了细黄沙土,深蓝色的球门后面罩上了雪白的线网。球场四围画好白灰线,顺着白线短木桩上系好粗麻绳,男女学生渐渐在木桩外站满,彼此交谈,口中冒出的热气慢慢的凝成一片薄雾。招待员们,欧阳天风与武端在内,执着小白旗,胸前飘着浅绿的绸条,穿梭似的前后左右跳动,并没有一定要作的事。几个风筝陪着斜阳在天上挂着，代表出风静云清初冬的晴美。斜阳迟迟顿顿的不忍离开这群男女，好似在他几十万年的经验中，这是头一次在中国看见这么活泼可爱的一群学生。

场外挽着发辫的卖糖的，一手遮着冻红的耳朵吆喝着：“梨糕唖——酥糖啾！”警区半日学校的小学生，穿着灰色肥肿的棉短袄，吆喝着：“烟来——烟卷儿！”男女学生头上的那层薄雾渐次浓厚，因为几百支烟卷的燃烧凑在一块儿，也不亚于工厂的一个小烟筒。地上的白灰线渐次逐节消灭，一半是被学生的鞋底碾去，一半是被瓜子，落花生的皮子盖住。

赛球员渐渐的露了面：商业大学的是灰色运动衣，棕色长毛袜，蓝色一把抓的小帽。名正大学的是红色运动衣，黑毛袜，白小帽。要是细看他们身上穿着的，头上戴着的，可以不用迟疑的下个结论：“一些国货没有！”虽然他们有时候到杂货店去摔毁洋货。球员们到场全是弯着腿，缩着背，用手搓着露在外面的膝部，冻的直起鸡皮疙瘩，表示一些“软中硬”运动家的派头。入场之先，在场外找熟识的人们一一握手：“老张！卖些力气！”“不用多赢，半打就够！”“老孙！小帽子漂亮呀！”“往他们腿上使劲踢，李逵！”……球员们似乎听见，似乎没听见，只露着刚才刷过的白牙绕着圈儿向大家笑。到了场内，先攻门，溜腿，活动全身，球从高处飞来，轻轻的用脚尖一扣，扣在地上。然后假装一滑，脊背朝地，双脚竖起倒在地上。别个球员脚尖触地的跑过来，拾起皮球向倒在地上的那位膝上一摔，然后向周围一看，果然，四围的观众全笑了！守门的手足并用，横遮竖挡的不叫球攻入门内。有时候球已打在门后的白线网上，他却高高一跳，摸一摸球门的上框，作为没看见球进了门。……

赵子曰到了！哈啦！哈啦！“赵铁牛到了！”“可不是铁牛！”黑红的脸色，短粗的手脚，两腿故意往横着拐，大叉着步，真像世界无敌的运动家。运动袜上系了两根豆瓣绿的绸条，绿条上露着黑丛丛的毛腿。一腿踢死牛，无疑的！

他在场外拉不断，扯不断的和朋友们谈笑。又不住的向场内的同学们点手喊：“老孟！今天多出点汗呀！”“进来溜溜腿？”“不用！有根！”说着向场内走，还回着头点头摆手。走到木桩切近，脚绊在麻绳上，整个大元宝似的跌进场内。四围雷也似的笑成一阵：“看！铁牛又耍花样呢！”他蹬了蹬腿，打算一个鲤鱼打挺跳起来。可是他头上发沉，心中酸恶，怎么也立不起来。招待员们慌了：“拿火酒！火酒！”一把一把的火酒咕唧咕唧的往他踢死牛的腿上拍。……“成了！成了！”他勉强笑着说：“腿上没病，脑袋发晕！”

“老赵的腿许不跟劲，今天，你猜怎么着？”武端对欧阳天风说。

“别说丧气话！”

嘀——嘀——

评判员，一个滚斗筋似的小英国人，双腮鼓起多高把银笛吹的含着杀气。

场外千百个人头登时一根线拉着似的转向场内。吸烟的把一口烟含在口中暂时忘了往外喷，吃瓜子的把瓜子放在唇边且不去嗑。……

场内，球员站好，赵子曰是左翼的先锋。

嘀——嘀！

赵子曰一阵怪风似的把球带过中线，“快！铁牛！Long

shoot!”把他自己的性命忘了，左旋右转的往前飞跑。也不知道是球踢着人，还是人踢着球，狮子滚球似的张牙舞爪的滚。

敌军的中卫把左足向前虚为一试，赵子曰把球向外一拐，正好，落在敌军中卫的右脚上，一蹴把球送回。

“哈啦！哈啦！”轰的一声，商业大学的学生把帽子，手巾，甚至于烟卷盒全扔在空中，跳着脚喊。

“糟——糕！老赵！”赵子曰的同学一齐叹气。

这一分钟内，商业大学的学生都把眼珠努出一分多，名正大学的全把鼻子缩回五六厘！

赵子曰偷偷往四围一看，千百个嘴都像一致的说：“老赵糟糕！”他装出十分镇静的样子，把手放在头上，隔着小帽子抓了一抓；好像一抓脑袋就把踢球的失败可以遮饰过去。(不知有什么理由！)正在抓他的脑袋，恰好球从后面飞来，正打在他的手上，也就是打在头上。他脑中嗡的响了一声，身子向前倒去，眼中一亮一亮的发现着：“白板，”“东风，”“发财！”耳中恍惚的听见：“Time out！”跟着四围的人声嘈杂：“把他抬下来！”“死东西！”“死牛！”“评判员不公！”“打！打！”

欧阳天风跑进去把赵子曰搀起来。他扶着欧阳慢慢走到球门后，披上皮袍坐在地上。他的同学们还是一个劲儿的喊“打！”东北角上跟着有几个往场内跑，跑到评判员的跟前，不知为什么又跑回去了。后来才知道那几位全是近视眼，在场外没有看清评判员是洋人，哼！设若评判员不是洋人？

“哈啦！哈啦！”商业大学的学生又喊起来。赵子曰看得真真的，那个皮球和他自己只隔着那层白线网。

诗人周少濂缩着脖子，慢慢的扭过来，递给赵子曰一个小纸条：

“这赤色军，输啦！
反干不过那灰色的小丑鸭？
可是，输了就输了吧，
有什么要紧，哈哈！”

# 第　四

## 1

红黄蓝绿各色的纸，黑白金紫各色的字，真草隶篆各体的书法，长篇短檄古文白话各样的文章，冷嘲热骂轻敲乱咒无所不有的骂话，——攻击与袒护校长的宣言，从名正大学的大门贴到后门，从墙脚粘到楼尖；还有一张贴在电线杆子上的。

大门碎了，牌匾摘了，玻璃破了，窗子飞了。校长室捣成土平，仪器室砸个粉碎。公文飞了一街，一张整的也没有。图书化为纸灰，只剩下命不该绝的半本《史记》。天花板上团团的泥迹，地板上一块块的碎砖头。什么也破碎了，除了一只痰盂还忍气吞声的立在礼堂的东南角。

校长室外一条扯断的麻绳，校长是捆起来打的。大门道五六只缎鞋，教员们是光着袜底逃跑的。公事房的门框上，三寸多长的一个洋钉子，钉着血已凝定的一只耳朵，那是服务二十多年老成持重的（罪案!）庶务员头上切下来的。校园温室的地上一片变成黑紫色的血，那是从一月挣十块钱的老园丁鼻子里倒出来的。

温室中鱼缸的金鱼，亮着白肚皮浮在水面上，整盒的粉笔在缸底上冒着气泡，煎熬着那些小金鱼的未散之魂。试验室中养的小青蛙的眼珠在砖块上粘着，丧了他们应在试验台上作鬼的小命。太阳愁的躲在黑云内一天没有出来，小老鼠在黑暗中得意扬扬的在屋里嚼着死去的小青蛙的腿。……

报纸上三寸大的黑字报告着这学校风潮。电报挂着万万火急飞散到全国。教育部大门紧闭，二门不开，看着像一座久缺香火的大神龛。教育团体纷纷召集会议讨论救济办法，不期而同的决定了：“看一看风头再说。”雄纠纠的大兵，枪上插着惯喝人血的刺刀，野兽似的把这座惨淡破碎的大学堂团团围住，好像只有他们这群东西敢立在那里！地上一滴滴的血痕，凝成一个一个小圆眼睛似的，静静的看大兵们的鞋底儿！……

## 2

“老赵！你怎么样？”李景纯到东方医院去看赵子曰。

“你来了，老李？”赵子曰头上裹着白布，面色惨黄像风息日落的天色。左臂兜着纱布，右腮上粘着一个粉红橡皮膏的十字；左右相衬，另有一番侠烈之风。“伤不重，有个七八天也就好了！欧阳呢？”

“在公寓睡觉呢！”李景纯越说的慢，越多带出几分情感。脸上的笑纹画出心中多少不平。

“他没受伤？”赵子曰问。他只恐怕欧阳天风受伤，可是不能自止的想欧阳一定受伤；他听了李景纯的话，从安慰中引起几分惊异。

“主张打人的怎会能受伤！”

“难道他没到学校去?”赵子曰似乎有些不信李景纯的话，这时候他倒深盼欧阳受一点伤。他好像不愿他的好友为肉体上的安全而损失一点人格。

“我没去，因为我不主张‘打’；他也没去，因为他主张‘打’!”

“嗽!”赵子曰闭上眼，眉头皱在一处，设若他不是自己身上疼，或者是为别人痛心。

李景纯呆呆的看着他，半天没有说话。别的病房中的呻吟哀叹，乘着屋中的静寂渐次侵进来。李景纯看看赵子曰，听听病人的呻吟，觉得整个的世界陷在一张愁网之中。他平日奋斗的精神被这张悲痛的黑影遮掩得正像院中那株老树那样颓落。赵子曰似乎昏昏的睡去，他蹑足屏息的想往外走。

“老李，别走!”赵子曰忽然睁开眼，向李景纯苦笑了一笑，表示身上没有痛苦。

“你身上到底怎样?”

“不怎样，真的!”赵子曰慢慢抬起右手摸了摸头上的纱布，然后迟迟顿顿的说:“我问你! ——我问你!”

“什么事?”

“我问你! ——王女士怎样?”赵子曰偷偷看了李景纯一眼，跟着把左右眼交互的开闭，看着自己的鼻翅，上面有一些细汗珠。

“她? 听说也到医院来了，我正要看她去。”

“是吗?”赵子曰说完，又把眼闭上。

“说真的，你身上不难过?”

“不! 不!”

李景纯心中有若干言语，问题，要说，都被赵子曰难过的样子给拦回去。不说，觉得对他不起；说，又怕增加他的苦痛与烦闷。走，怕赵子曰寂寞；不走，心中要说而不好意思说的话滚上滚下像一群要出巢的蜜蜂。正在为难，门儿开了，莫大年满面红光的走进来。他面上的红光把赵子曰的心照暖了几分。

“老赵，明天见！”李景纯好容易得着脱身的机会，又对莫大年说：“你陪着老赵说话吧！”说完，他轻轻的往外走，走到门口回头看了看赵子曰，赵子曰脸上的笑容已不是前几分钟那样勉强了。

“老赵！”莫大年问：“听说你被军阀把天灵盖揿了？”

“谁说的？揿了天灵盖还想活着？”赵子曰心中痛快多了，说话的气调锋利有趣了。

“人家都那么说吗！”莫大年的脸更红了，红的正和“傻老”的红脸蛋没分别。

“欧阳呢？”

“不知道！大概正在奔走运动呢，不一定！我来的时候遇见老武，他说待一会儿来看你。你问他，他的消息不是比咱灵通吗！”

“王女士呢？”赵子曰自然的说出来。

“我也不知道！管她们呢！”

“老莫，你没事吧？”

“没事，专来看你！”莫大年可说着一句痛快话，自己笑了一笑以示庆贺之意。

“好！咱们谈一谈！”赵子曰说着把两只眼睛睁得像两朵向日葵，随着莫大年脸上的红光乱转，身上的痛苦似乎都随着李景纯走了。“老莫！你知道王女士和张教授的秘密不知道?”

“什么秘密?”莫大年问。

“我问你哪!”

“我，我不知道!”

“你什么也不知道，老莫！除了吃你的红烧鱼头!”赵子曰笑起来，脸上的气色像雷雨过去的浮云，被阳光映的灰中带着一点红。

“老赵！明天见！明天我给你买橘子来!”莫大年满脸惭愧要往外走。

“老莫！我跟你说笑话哪，你就急啦？别走!”

“我还有事，明天来!”莫大年说着出了屋门。刚出屋门，立刻把嘴撅起来。自医院直到天台公寓一刻不停的嘟噜着:“什么也不知道！不知道！人人叫咱傻老！傻老!”

## 3

莫大年第二天给赵子曰送了十几个橘子去，交给医院的号房，并没进去见赵子曰。他决不是恼了赵子曰，也不是心眼小料不开事。他所不痛快的是：生在这个新社会里，要是没有一种眼观六路，耳听八方，到处显出精明强干的能力，任凭有天好的本事，满肚子的学问，至好落个“老好”，或毫不客气叫你“傻蛋”！作土匪的有胆子拆铁路，绑洋人，就有作旅长的资格，还用说别的！以他的家计说，就是他终身不作事，也可以衣食无愁的过他一个人的太平天下。可是他憎嫌“傻蛋”这一类的徽号。他要在新社会里作个新式的红胡子，蓝靛脸的英雄。哪怕是作英雄只是热闹热闹耳目而没有真益处呢，到底英雄比傻蛋强！他明知道赵子曰是和他开玩笑，打哈哈，他也知道“不知秘密”与“爱吃红烧鱼头”算不了什么大逆不道。可是，人人要用赵子曰式的笑脸对待他，还许就是“窝囊废”“死鱼头”一类的恶名造成之因呢！这类的徽号不是欢蹦乱跳的青年所能忍受的！新青年有三畏：畏不强硬，畏不合逻辑，畏没头脑！莫大年呢，是天生的温厚，横眉立目耍刺儿玩花腔是不会的。对于“逻辑”呢，他和别的青年一样不明白，可是和别个青年一样的要避免这个“不合逻辑”的罪名。怎样避免？自然第一步要“有头脑”。所以三畏之中，莫大年第一要逃出“没头脑”的黑影，“知秘密”自然是头脑清晰，多知多懂的一种表示，那么，“知秘密”可以算作作新人物的唯一要素。“知秘密”便是实行“不傻蛋主义”的秘宝。

莫大年一面想，一面走，越想心中越难过！有时候他停住脚呆呆的看着古老的建筑物，他恨不得登时把北京城拆个土平，然后另造一座比纽约还新的城。自己的铜像立在二千五百五十层的楼尖上，用红绿的电灯忽明忽灭的射出：“改造北京之莫大年！”

“老莫！上哪儿去？”

莫大年收敛收敛走出八万多里的玄想，回头看了看：

“老武！我没事闲逛。”

武端穿着新作的灰色洋服，蓝色双襟大氅。雪白的单硬领，系着一根印度织的绿地金花的领带。头上灰色宽沿呢帽，足下一尘不染的黄色，橡皮底，皮鞋。胸脯鼓着，腰板挺着，大氅与裤子的折缝，根根见骨的立着。不粗不细的马蜂腰，被大氅圆圆的箍住，看不出是衣裳作的合适，还是身子天生来的架得起衣裳来。他向莫大年端着肩膀笑了一笑，然后由洋服的胸袋中掏出一块古铜色的绸子手巾，先顺风一抖，然后按在鼻子上，手指轻按，专凭鼻孔的“哼力”噌噌响了两声。这个浑厚多力的响声，闭上眼听，正和高鼻子的洋人的鼻音分毫不差。

莫大年像“看变戏法儿”似的看着武端，心中由羡慕而生出几分惭愧。武端是，在莫大年想，已经欧化成熟的新青年，他自己只不过比中国蠢而不灵的傻乡民少着一条发辫而已。

“老莫，玩一玩去，乘着罢课的机会!”

“上哪儿?”莫大年说着往后退了两步，低着头看武端的皮鞋一闪一闪的射金光，又看了看自己脚上的那双青缎厚底棉鞋!

“先上西食堂去吃饭?”武端说。

“我没洋服，坐在西食堂里未免发僵!”这两句话确是莫大年的真经验。因为西餐馆的摆台的是：对于穿洋服说洋话的客人，不给小账也伺候的周到；对于穿华服，说华语的照顾主，就是多给小账也不屑于应酬。更特别的：他们对穿洋服的说中国话，对穿华服的说外国话。所以认不清洋字菜单的人们为避免被奚落起见，顶好上山东老哥儿们的“大碗居”去吃打卤面比什么也不惹气。然而：

“那么，上民英西餐馆？你猜怎么着？那里全是中国人吃饭，摆台的也是中国话，而且喝酒可以划拳，好不好?走!”武端把左手插在大氅“廓其有容”的口袋里，右手带着小羊皮的淡黄色手套，过去插在莫大年右肘之下。两个人并肩而行，莫大年为武端的洋服展览，不便十分拒绝，虽然他真怕吃洋饭。

远远的看见民英餐馆的两面大幌子：左边一面白旗画着鲜血淋漓的一块二尺见方的牛肉，下面横写着三个大字“炸牛排”。右边一面红旗画着几位东倒西歪的法国醉鬼，手中拿着五星啤酒瓶往嘴里灌。武端看见这两面幌子，眉开眼笑的口中直往下咽唾液，正是望幌子而大嚼也解一些“洋馋!”莫大年的精神也振作起一些，觉着这两面大旗的背后，埋伏着一些“西洋文化!”

两个人进了民英餐馆，果然“三星，五魁”之声清亮而含着洋味，大概因为客人们喝的是洋酒。柜台前立着的老掌柜的把小帽脱下，拱着手说：“来了，Sir! 来了，Sir!”摆台的系着抹满牛油的黑油裙，(“白”的时代已经岁久年深不易查考了!）过来擦抹桌案，摆上刀叉和洋式酱油瓶。简单着说：这座饭馆样样是西式，样样也是华式，只是很难分析怎么调和来着。若是有人要作一部“东西文化与其‘吃饭’”，这座饭馆当然可以供给无数的好材料。

“吃什么，大爷，Sir?”摆台的打着山东话问。乘着武端看菜单之际，他把抹布放在肩头，掏出鼻烟壶，脆脆的吸了两鼻子。

两个人要了西红柿炒山药蛋，烧鳜鱼，小瓶白兰地，冷牛舌头，和洋焦三仙（咖啡)。

武端把刀叉耍的漂亮而地道，真要压倒留学生，不让蓝眼鬼。莫大年闭着气把一口西红柿吞下，忙着灌了半杯凉水。

“老武，”莫大年没有再吃第二口西红柿的勇气，呷了一点白兰地，笑着问：“告诉我，怎么就能知道秘密?”

“目的？哪一种？”武端说完，又把摆台的叫过来，要了一个干炸丸子加果酱。

“还有多少种？”

“什么事经科学方法分析没有种类呢，真是！”

“告诉我两样要紧的，多了我记不住。”

“好！你猜怎么着？好，告诉你两种：利用秘密和报告秘密，这是目的。你猜——好！先说目的，后说方法。”武端觉得自己非常宽宏大量，肯把他的经验传授给莫大年。

莫大年傻老似的聚精会神的听着。

武端呷了一口酒，嚼着牛舌头，又点上一支香烟。酒，牛舌头，烟，在嘴中匀和成一股令人起革命思想的味道。酒顺着食道下行，牛舌头一上一下的运动于齿舌之间，烟从鼻子眼慢慢的往外冒，谁要是这么作，谁也不能不感谢上帝造人的奇妙，他把牛舌头咽净，才正式向莫大年陈说：

“供给秘密是为讨朋友的欢心，博得社会上的信仰。这是在社会上活动唯一的要素，造成英雄伟人的第一步。举个例说：你猜怎么着？张天肆，你知道张天肆？财政部司长，司长！你要问他的出身，不必细说，凭他的名字可以猜得出：他本来叫张四，作了官才改成张天肆，张四，张司长！前三年他还是张四，因为报告给绥远都统一件秘密，你猜怎么着？当时他来了个绥远都统驻京办事处的科员，张科员！前三个月，他又报告给财政总长一件秘密，哈哈，抖起来了，司长！由张四而张天肆而科员而司长，将来，谁能说得定呢，也许张大帅，张总长，张总统，张牛头，因为他住家在三河县牛头镇！由张四而张总统，一根线拴着：知秘密！”武端喘了一口气又吃了一块牛舌头，心里想：设若张四“人以地名”有张牛头的希望，怎见得自己没有“人以物名”而被呼为武牛舌的可能呢！他笑了一笑，接着说：“至于利用秘密，你猜怎么着？那可就更有用，更深沉，更——抖了！利用一件秘密，往小里说，你可以毁一个人，一个学校，一个机关；往大里说，推倒一个内阁，逼走一个总统！谁有这份能力，谁就有立铜像的资格，又非张四之流仅仅荣耀一时的可比了；因为小而毁一个人，大而赶走一个总统，不管成功的大小，这样的举动与运用秘密的能力，非天生的雄才大略不办，非真英雄不办，非——你猜——”

“说了半天，是这么两种，是不是？”莫大年问：“告诉我，我该采用哪一种？你现在用的是哪一种，和怎样用法？”

“我？惭愧！我用的是供给秘密！这个比利用秘密好办的多！你猜怎么着？欧阳天风近于利用秘密了，可是他的聪明咱们如何敢比呢！”

“那么，你看，我该先练习报告秘密，是不是？告诉我，怎么得秘密？”莫大年诚恳的问。

“其实，你猜——也没有一定的方法，只在自己留心。你看，瓦特看见开水壶就发明蒸汽机，他得着了开水壶的秘密，事事留心，处处留心，时时留心！喝！秘密多了！比如说，你在公园喝茶看见一对男女同行，跟着他们！那必有秘密！假如你发现了他们的暗昧的事，得！写在你的小笔记本上，一旦用着，那个结果绝不辜负你跟着他们的劳力！我告诉你，你知道学生会主席孙权怎么倒了，新任主席吴神敏怎么成的功？就是因为吴神敏在公园捉了孙权的奸！再说，就是不图什么，得一些秘密说着玩儿不是也有趣吗！你猜——”

“那么我得下死工夫，先练习耳眼，是不是?”

“一定！手眼身法和练武术一样，得下苦工夫!”

“好！老武！谢谢你！饭账我候啦！告诉我，你还吃什么?!”

## 4

几天医院的生活，赵子曰在他自己身上发现了许多奇迹：右手按着左腕的脉门，从手指上会能觉到自己的心一秒钟也不休息，那么有节有拍的跳动。脑子，更奇怪了，有时候在一阵黑潮狂浪过去之后，居然现出山高月小的一张水墨画。心中现出这种境界，叫他怀疑医院给他的洋药水里有什么不正当作用；至少那种药水的作用与烧酒不同；而作用异于烧酒的东西根本应当怀疑！医院的饭食，不错！设备，周到！然而他寂寞，无聊，烦苦！心中空空的像短了一块要紧的东西，像一位五十岁的寡妇把一颗明珠似的儿子丢了一样的愁闷！生命只是一片泛溢不定的潮水，没有一些着落，设若脑子不经烧酒激刺着！他开始明白人生与烧酒的关系！不但人生，世界文化的发展不过是酒瓶儿里的一点副产品！心房的跳动，脑中的思想，都是因为烧酒缺席，他们才敢这样作怪，才这样扰乱和平！他恨这个胡思乱想的脑子，他命令着他的脑子不准再思想，失败！原来没烧酒泡着的脑子是个天然要思想的玩艺儿，他急的直跺脚，没办法，他于无聊中觉悟了：为什么医院中把死人脑子装在酒精瓶子里？因为不用酒泡着，死后也不会得平安，还是要思想！他宁愿登时死了，把脑子装在酒精瓶子里，也比这样活受罪强！他长叹了一声，有心要触柱而死；可是他摸了摸脑瓢，舍不得！“忍耐！忍耐！出了医院再说！忍耐！希望！”

“李景纯的话不错，我应当找些事作。”他忽然想起来了，至于怎么想起来的，和怎么单想起作事而忘了李景纯告诉他的读书与种地，不但别人不知道，赵子曰自己也纳闷，好像一颗流星在天空飞过，不知从哪里落下来的，也不知道落到哪里去；好在这在空中一闪是不可磨灭的事实。“找什么事？当教员？开买卖？作官？——对！作官！”他噗哧的一笑，嘴中溅出几点唾星，好像一朵鲜花吐蕊把露水珠儿弹落下来似的。“也别说，会思想也有趣！居然想起作官了！哈哈！”他这一笑叫他想起：他七岁的时候在门外用自己的点心钱买过一只小黄鸟：“七岁就会自动的买一只小黄鸟，快二十六岁了，又自动的想起应该作官。赵子曰呀，要不是圣人——难道是狗？”

“欧阳天风为什么不来？”他脑中那只小黄鸟又飞入他记忆力的最深远的那一处去，欧阳天风的暖烘烘的粉脸蛋与他自己的笑脸，像隔一层玻璃的两朵鲜花互相掩映。“他？正在激烈的奔走运动，一定！别累坏了哇！”他探头往窗外看了看：窗外那株老树慈眉善目的静静的立在那里：“没刮风！谢谢老天爷！他的脸可受不住狂风的吹刺啊！哈哈！”

他笑着笑着眼前像电影换片子似的把那天打校长的光景复现出来：“校长像屠户门前的肥羊似的绑在柱子上，你一拳，我一腿的打，祖宗三代的指着脸子骂。对，聂国鼎还啐了校长一脸唾沫呢。老庶务的耳朵血淋淋的割下来，当当当钉在门框上……”他身上觉得一阵不大合适，心中像大案贼临刑的那一刻追想平生的事迹，说不出是酸是甜，是哭是笑："老校长也怪可怜的！反正我没打他，我只用绳子捆他来着，谁知道捆上一定就打呢！他恨我不恨？我在他背后捆他来着，当然没看见我！——可是呀，就是他看见我，他又敢把咱赵子曰怎样？他敢开除我？也敢！凭咱在学界的势力，凭咱这两膀子力气，他也敢，除非他想揭他未完好的伤口！"这么一想，他心中的不自在又平静了。他觉得自己的势力所在，称孤道寡而有余，小小的校长，一个卖布小贩的儿子，有什么能为！"纵然是错打了他，错就错了吧；谁叫他不去当军阀而作校长呢！军阀作错了事也是对，我反正不惹他们拿枪的；校长作对了也是错，也该打，反正打完他没事！"他越想越痛快，越想越有理，觉得他打校长与不敢惹军阀都合于逻辑。这种合于逻辑的理论，叫他联想到他自己的势力与责任："咱老赵在医院，现在同学的开会谁作主席呢？难道除了咱还有第二个会作主席的？说着玩的呢，动不动也会作主席！就是有会的，他也得让咱老手一步不是！势力，声望，才干所在，不瞎吹！咱还根本不闹风潮呢，要不为作主席！"

他这样一想，开始觉得自己的身体有注意静养的必要，并不是为自己，是为学校，为社会，为国家，或者说为世界！他身上热腾腾的直往外冒热气，身子随着热气不由的往上飞，一直飞到喜马拉亚山的最高峰。立在那里只有他自己可以看清世界，只有他自己有收拾这个残落的世界的能力。身上的伤痕，(好在是被军阀打的，)觉得有一些疼痛了，跟看护妇要点白兰地喝吧！

他正在这么由一只小黄鸟而到喜马拉亚山活动着他的脑子，莫大年忽然满脸含笑的走进来。赵子曰把刚才所发现的奇迹奇想慌忙收在那块琉璃球似的脑子里，对莫大年说：

“老莫，你昨天给我送橘子来，怎不进来看看你的老大哥，啊?”

“没秘密可报告，进来干吗!”莫大年傻而要露着精细的样子说。

“那么今天当然是有秘密了?”

“那还用说!”

“你看，老莫学的鼻子是鼻子，嘴是嘴了。来！听听你的秘密!”

“你被革除了，老赵！我管保我是头一个来告诉你的，是不是?”莫大年得意扬扬的说。

“你是说笑话呢，还是真事?”赵子曰笑的微有一点不自然了。

“真的！一共十七个，你是头一个！不说瞎话！你的乡亲周少濂也在内!”

赵子曰脸上颜色变了，半天没有言语。

“真的!”莫大年重了一句，希望赵子曰夸他得到消息这么快。

“老莫，你是傻子!”赵子曰笑得怪难看的，只有笑的形式而没有笑的滋味。“你难道不明白不应当报告病人恶消息吗？再说，”他的笑容已完全收起去，声音提高了一些：“凭那个打不死的校长，什么东西，敢开除赵子曰，赵铁牛，笑话!”

莫大年的一团高兴像撞在石头上的鸡蛋，拍叉的一声，完了！他呆呆的看着赵子曰，脸上的热度一秒钟一秒钟的增高，烧的白眼珠都红了。忽然一语未发扭身便往外走。

“老莫，别走!”赵子曰随着莫大年往外看了一眼，由莫大年开开的门缝，看见远远往外走着一个人：弯弯的腰，细碎的脚步，好像是李景纯。“他又作什么来了?”

“啊?”莫大年回头看着赵子曰。

“没什么，老莫!”

“再见，老赵!”

# 第 五

## 1

“子曰兄：

何等的光荣啊！你捆校长，我写了五十多张骂校长的新诗。我们都被革除了，虽败犹荣呀！同乡中能有几个作这样‘赤色’的事，恐怕只有你我吧！

惭愧不能到医院去看你，乡亲！因为今晚上天津入神易大学。学哲学而不明白《周易》，如同打校长而不捆起来一样不彻底呀！这是我入神易大学的原因。

盼望你的伤痕早些好了，能到天津去找我！

不必气馁，名正大学不要咱们，别的大学去念！别的大学也不收咱们，拉倒！哈哈！勇敢的乡亲，天津三不管见！

你的诗友，

周少濂。”

念完这封信，赵子曰心中痛快多了！到底是诗人的量宽呀！本来吗，念书和不念书有什么要紧，太爷不玩啦！对！找老周去！天津玩玩去！

把老莫也得罪了，这是怎会说的！少濂的信早到一会儿，也不至于叫老莫撅着嘴走哇！真他妈的，我的心眼怎那么窄呢！……

## 2

赵子曰身上的伤痕慢慢的好了。除了有时候精神不振作还由理想上觉得有些疼痛以外，在实际上伤疤被新的嫩肉顶得一阵阵痒的钻心，比疼痛的难过多了几分讨厌。医生准他到院中活动活动，他喜欢的像久旱逢甘雨的小蜗牛，伸着小犄角满院里溜达。喜欢之外，他心中还藏着一点甜蜜的希望；这点希望叫他的眼珠钉在女部病房那边，比张天师从照妖镜中看九尾仙狐还恳切细心。那边的门响，那边的笑声，那边的咳嗽，对于他都像很大的用意。楼廊上东来西去一个一个头蒙白纱，身穿白衣的看护妇们，小白蝴蝶儿似的飞来飞去："都是看护妇，没用！——也别说，看护妇也有漂亮的呀！可是——"

一天过去了，只看见些看护妇。

第二天，北风从没出太阳就疯牛似的吼起来。看护妇警告他不要到院中去。他气极了："婚姻到底是天定呀！万一她明天出院，今天又不准我到院子里去，你看，这不是坐失其机吗！风啊！设若这里有个风神，风神根本不是个好东西！设若风是大气的激荡，为什么单在今天激荡！"

他咒骂了一阵，风嬉皮笑脸的刮得更有筋骨了。他无法，只好躺在床上把朋友们送来的小说拿起看。越看越生气：一群群的黑字在眼前乱跳，一群过去，又是一群，全是一样的黑，连一个白净好看的也没有。他把小说用力往地上一摔，过去踏了两脚，把心中的怒气略解了万万分之一。然后背着手，鼓着胸，撅着嘴，在屋中乱走。有时候立在窗前往外看：院中那株老树摇着秃脑袋一个劲儿的乱动：“妹妹的！把你连根刨出来！叫你气我！”

他于无可奈何之中，只好再躺在床上想哲学问题。他的哲学与乱想是一而二，二而一的。“酒要是补脑养身的，妇女便是满足性欲的东西。酒与妇女便是维持生活的两大要素！对！娶媳妇喝酒，喝酒娶媳妇；有工夫再出些锋头，闹些风潮，挣些名誉。对！内而酒与妇人，外而风潮与名誉，一部人生哲学！……”

把哲学问题想的无可再想，他又想到实际上来：“欧阳天风能帮助我，可是相隔咫尺还要什么传书递简的红娘吗？老李的人不错，可是他与她？哼！……有主意了！”

他从床上跳起来，用他小棒槌似的食指按了三下电铃。这一按电铃叫他觉出物质享受的荣耀，虽然他的哲学思想有时候是反对物质文明的。

“赵先生！”看护妇好像小鬼似的被电铃拘到，敬候赵子曰的神言法旨。

“你忙不忙？”赵子曰笑着问。

“有什么事？”

“我要知道一件事，你能给我打听打听不能？”

“什么事，赵先生？”看护妇脸上挂着冬夏常青的笑容，和善恳切的问。

“你要能给我办的好，我给你两块钱的小账，酒钱，——报酬！”赵子曰一时想不起恰当的名词来。

“医院没有这个规矩，先生。”

“不管有没有，你落两块钱不好！”

“到底什么事，先生?”

“她是——你——你给打听打听女部病房有位王灵石女士，她住在第几号，得的是什么病，和病势如何。行不行?”

“这不难，我去看一看诊查簿就知道了。”看护妇笑着走出去。

赵子曰倒疑惑了：“怎么看护妇这么开通！一个男人问一个女人的病势，难道是正大光明的事？或者也许看护妇们作惯了红娘的勾引事业？奇怪！男女间的关系永远是秘密的，男女到一处，除了我和她，不是永远作臭而不可闻的事吗？医院自然是西洋办法，可是洋人男女之间是否可以随便呢?”他后悔了，他那个“孔教打底，西法恋爱镶边”的小心房一上一下的跳动起来：“傻老！我为什么叫看护妇知道了我的秘密呢！傻！可是她一点奇惊的样子没有，或者她用另一种眼光看这种事？——哼，也许她为那两块钱!”

“赵先生!”不大的工夫看护妇便回来了：“王女士住第七号房，她害的是妇女们常犯的血脉上的病。现在已经快好了。”她一说就往外走，毫没注意赵子曰的脸色举动。

“你回来！给你，这是你的两块钱!”

“不算什么，先生!”她笑着摆了摆手：“医院中没有这个规矩。”

赵子曰坐在床上想了半天，想不出道理来。不要小账，不以男女的事为新奇。不用说，这个看护妇的干爸爸是洋人!

他想不透这个看护妇的心理，于是只好不想。他以为天下的事全有两方面：想得透的与想不透的。这想不透的一方面是根本不用想，有人要是非钻牛犄角死想不可，他一定是傻蛋！赵子曰决不愿作傻蛋。于是他把理想丢开，又看到事实上来：

“我以为她是受了伤，怎么又是血脉病呢？李景纯这小子不告诉我，他与她，一定，没有好事！好，你李景纯等赵先生的！不叫你们的脑袋一齐掉下来，才怪！……”

# 第　六

## 1

赵子曰的伤痕养好，出了医院。他一步一回头的往女部病房那边看，可怜，咫尺天涯，只是看不见王女士的倩影。他走到渐渐看不清医院的红楼了，叹了一口气，开始把心神的注意由王女士移到欧阳天风身上去。跟着，把脑中印着那个“她”撕得粉碎，一心的快回公寓去见——“他”！

他进了公寓，李顺笑脸相迎的问他身上大好了没有，医院中伺候的周到不周到。赵子曰心中有一星半点的感激李顺的诚恳，可是身分所在，还不便于和仆人谈心，于是哼儿哈儿的虚伪支应了几句。李顺开了第三号的屋门，撢擦尘土，又忙着去拿开水泡茶。赵子曰进屋里四围一看，屋中冷飕飕的惨淡了许多，好像城隍爷出巡后的城隍庙那么冷落无神。他不觉的叹了一口气。

“欧阳先生呢?”赵子曰问。

“和武先生出去了。”李顺回答：“大概回来的快！嗻!”

赵子曰抓耳挠腮的在屋里等着。忽然院中像武端咳嗽。推开屋门一看，果然欧阳天风和武端正肩靠着肩往南屋走。

“我说——”赵子曰喜欢的跳起多高，嚷着:“我说——”

“哈哈！老赵！你可回来了！倒没得破伤风死了！”欧阳天风一片被风吹落的花瓣似的扑过赵子曰来，两个人亲热的拉住手。赵子曰不知道哭好还是笑好，只觉得欧阳天风的俏皮话比李顺的庸俗而诚恳的问好，好听得不只十万倍。

他又向武端握手，武端从洋服的裤袋中把手伸出，轻轻的向赵子曰的手指上一挨，然后在他的黄肿脸上似是而非的画了一条笑纹。

“进来！老赵！告诉我们你在医院都吃什么好东西来着！”欧阳天风把赵子曰拉进屋里去。

“吃好东西？你不打听打听你老大哥受的苦处！”赵子曰和欧阳天风像两只小猫，你用小尾巴抽我一下，我把小耳朵触着你的小鼻子，那样天真烂熳的斗弄着。

“先别拌嘴，”武端说：“老赵，你猜怎么着？我有秘密告诉你！”

“走！上饭馆去说！上金来凤喝点老‘窨陈’，怎么样？”赵子曰问。

“你才出医院，我给你压惊接风，欧阳作陪！”武端说：“你猜怎么着？听我的秘密，就算赏脸赐光，酒饭倒是小事！”

“不论谁花钱吧，咱欧阳破着老肚吃你们个落花流水，自己朋友！”欧阳天风这样一说，赵子曰和武端脸上都挂上一层金光，非在欧阳面前显些阔气亲热不可。

武端披上大氅，赵子曰换了一件马褂，三个人乌烟瘴气的到了金来凤羊肉馆。

“赵先生，武先生，欧阳先生！”金来凤掌柜的含笑招待他们：“赵先生，怎么十几天没来？又打着白旗上总统府了吧？这一回打了总统几个脖儿拐?”

赵子曰笑而不答，心中暗暗欣赏掌柜的说话有分寸。

掌柜的领着他们三位往雅座走，三位仰着脸谈笑，连散座上的人们看也不看。好像是吃一碗羊杂碎，喝二两白干的人们是没有吃饭馆的资格似的。

进了雅座，赵子曰老大哥似的命令着他们：“欧阳！你点菜！老武！告诉我你的秘密!”

“老赵！这可是关于你的事，你听了不生气?”武端问。

“不生气！有涵养!”

“你猜怎么着?”武端低声的说：“王女士已经把像片给了张教授！那个像片在哪里照的我都知道，廊房头条光容像馆！六寸半身是四块半钱一打，她洗了半打！这个消息有价值没有？老赵!”

赵子曰没言语。

“老武!”欧阳天风点好了菜，把全副精神移到这个秘密圈里来：“你的消息是千真万确！所不好办的，是我们不敢惹张教授!”

“你把单多数说清楚了!”赵子曰说：“是‘我’还是‘我们’不敢惹姓张的？我老赵凭这两个拳头，哪怕姓张的是三头六臂九条尾巴，我一概不论！为一个女人本值不得拿刀动杖，我要赌这口气！况且姓张的是王女士的老师，我要替社会杀了这种败伦伤俗的狗。”

“老赵原谅我！我说的是‘我’不敢惹张教授！可是你真有心斗气，我愿意暗地帮助你!”

“哼!”

“其实，你猜怎么着？张教授也不过是卖酸枣儿出身，又有什么不好斗!”武端说。

“我并不是说张教授的势力一定比咱们大，我说的是他的精明鬼道不好斗!”欧阳天风向武端说，然后又对赵子曰说：“据我看，我们还是斗智不斗力。”

“什么意思?”赵子曰问。

“你先告诉我，你还愿意回学校不呢?”

“书念腻了，回学校不回没什么关系!”

“自然本着良心不念书了，谁也拦不住你；可是别人怎样批评你呢?”欧阳天风笑着说：“难道人们不说：‘喝！赵子曰堂堂学生会的主席，被学校革除之后避猫鼠似的忍了气啦!’老赵，凭这样两句话，你几年造成的名誉，岂不一旦扫地!”

“那么我得运动回校?”赵子曰的精神振作起好多，“放下书本到社会上去服务”的决定，又根本发生了摇动。

“自然！回校以后，不想念书，再光明正大的告退。告退的时候，叫校长在你屁股后头行三鞠躬礼，全体职教员送出大门呼三声‘赵子曰万岁’!”

“你猜怎么着?”武端的心史又翻开了一页：“商业大学的周校长在礼堂上给学生们行三跪九叩首礼，这是前三个月的事，我亲眼看见的！三跪九叩!”

酒菜上来了，三个人暂时把精神迁到炸春卷，烧羊尾上面去。杯碟匙箸相触与唇齿舌喉互动之声，渐次声势浩大。没话的不想说，有话的不能说，因发音的机官大部分都被食物塞得“此路不通!”

“你听着，”吃了老大半天，欧阳天风决意牺牲，把一口炸春卷贴在腮的内部，舌头有了一点翻腾的空隙：“我告诉你，现在同学们的情形，你就明白你与学校风潮的关系了：

现在五百多同学，大约着说分成三百二十七党。有主张拥护校长的，有主张拥戴张教授的，有主张组织校务委员会的，有主张把校产变卖大家分钱一散的……一时说不尽。”他缓了一口气，把贴在腮部的炸春卷揭下来咽下去。“主要原因是缺乏有势力的领袖，缺乏像你，老赵，这样有势力，能干，名望的领袖！所以现在你要是打起精神干，我管保同学们像共和国体下的国民又见着真龙天子一样的欢迎你，服从你！——”

“老赵，你猜怎么着?”武端先把末一块炸春卷夹在自己碟子里，然后这样说：“听说德国还是要复辟，真的!”

“那么,”欧阳天风接着说：“你要是有心回校，当然成功。因为凭你的力量使校长复职，校长能不把开除你的牌示撤销吗！回校以后，再告退不念了，校长能不在你屁股后头鞠三躬吗！——”

“可是，我打了校长，现在又欢迎他复职，不是叫人看着自相矛盾吗?”赵子曰在医院中养成哲学化的脑子，到如今，酒已喝了不少，还会这样起玄妙的作用；到底住医院有好处，他自己也这么承认!

“那不是此一时，彼一时吗！不是你要利用机会打倒张教授夺回王女士吗！这不过是一种手段，谁又真心去捧老校长呢!”

“怎么?”

“你看，捧校长便是打倒张教授，打倒张教授便是夺回王女士！现在咱们设法去偷王女士给张教授的像片,”欧阳天风说着，看了武端一眼。“偷出来之后，在开全体学生会议的时候当众宣布他们的秘密。这样，拥张的同学是不是当时便得倒戈？是！一定！同时，拥护校长的自然增加了势力。然后我们在报纸上再登他几段关于张教授的艳史，叫他名誉扫地，再也不能在教育界吃饭。他没有事作，当然挣不到钱；没有钱还能作风流的事？自然谁也知道，不用我说，金钱是恋爱场中的柱顶石；没钱而想讲爱情，和没眼睛想看花儿一样无望！那么，你乘这个机会，破两顷地，老赵，你呀，哈哈，大喜啦！王女士便成了赵太太啦！”

“可是，”赵子曰心里已乐得痒痒的难过，可是依旧板着面孔的问：“这么一办，王女士的名誉岂不也跟着受影响？”

“没关系！”

“怎么？”

“我们一共有多少同学？”

“五百多。”

“五百五十七个。比上学期多二十三个。”武端说。

“其中有多少女的？”欧阳天风问。

“十个，有一个是瘸子。”武端替赵子曰回答。

“完啦！女的还不过百分之二，换句话说，一个女子的价值等于五十个男人。所以男女的风流事被揭破之后，永远是男的背着罪名，女的没事；而且越这样吵嚷，女的名誉越大，越吃香！你明白这个？我的小铁牛！”

“干！”赵子曰乐的不知说什么好，一连气说了十二个（武端记的清楚。）“干！”

## 2

赵子曰遍访天台公寓的朋友，握手，点头，交换烟卷，人人觉得天台公寓的灵魂失而复得！在他住医院那几天，他们又麻雀甚至于不出“清三翻”；烧酒喝多了，只管呕吐，会想不起乱打一阵发酒疯。赵子曰回来了！可回来了！头一次坐下打牌就出了十五个贯和，头一次喝酒就有四个打破了鼻子的！痛快！高兴！赵子曰回来又把生命的真意带回来了！吃酒，打牌，听秘密，计划风潮的进行，唱二簧，拉胡琴，打架，骂李顺——全有生气！赵子曰忙的头昏眼晕，夜间连把棉裤脱下来再睡的工夫也没有，早晨起来连漱口的工夫也没有，可是他觉得嘴里更清爽！姓王的告诉他的新闻，他告诉姓张的，姓张的告诉他的消息，他又告诉给姓蔡的；所没有的说，坐在一块讲烟卷的好歹；讲完烟卷，再没的说，造个谣言！

他早晨起来遇上心气清明，也从小玻璃窗中向李景纯屋里望一望，然而：“老李这小子和王女士有一腿，该杀！”

况且自从他由医院出来，朋友们总伸着大拇指称他为“志士”、“英雄”。只有李景纯淡而不厌的未曾夸奖过他一句。在新社会里有两大势力：军阀与学生。军阀是除了不打外国人，见着谁也值三皮带。学生是除了不打军阀，见着谁也值一手杖。于是这两大势力并进齐驱，叫老百姓们见识一些“新武化主义”。不打外国人的军阀要是不欺侮平民，他根本不够当军阀的资格。不打军阀的学生要不打校长教员，也算不了有志气的青年。只有李景纯不夸奖赵子曰的武功，哼！只有李景纯是个不懂新潮流的废物！

至于赵子曰打了校长，而军阀又打了赵子曰？这个问题赵子曰没有思想过，也值不得一想！

## 3

光阴随着冬日的风沙飞过去了，匆匆已是阴历新年。赵子曰终日奔忙，屋里的月份牌从入医院以后就没往下撕。可是街上的爆竹一声声的响，叫他无法不承认是到了新年，公寓中的朋友一个个满脸喜气的回家去过年，只剩下了赵子曰，欧阳天风，和李景纯。赵子曰是起下誓，不再吃他那个小脚媳妇捏的饺子，并不是他与饺子有仇，是恨那个饺子制造者；他对于这个举动有个很好的名词来表示："抵制家货！"欧阳天风呢，一来是无家可归，二来是新年在京正好打牌多挣一些钱。李景纯是得了他母亲的信不愿他冬寒时冷的往家跑，他自己也愿意乘着年假多念一些书；他们母子彼此明白，亲爱，所以他们母子决定不在新年见面。

除夕！赵子曰寂寞的要死了！躺在床上？外面声声的爆竹惊碎他的睡意！到街上去逛？皮袍子被欧阳天风拿走，大概是暂时放在典当铺；穿着棉袍上大街去，纵然自己有此勇气，其奈有辱于人类何！桌上摆着三瓶烧酒，十几样干果点心，没心去动；为国家，社会起见，也是不去动好；不然，酒入愁肠再兴了自杀之念，如苍生何！

到了一点多钟，南屋里李景纯还哼哼唧唧的念书。"不合人道！"赵子曰几次开开门要叫："老李！"话到唇边又收回去了。

当当！两点钟了！他鼓着勇气，拿起一瓶酒和几样干果，向南屋跑去：

"老李！老李！"

“进来，老赵！”

“我要闷死了！咱们两个喝一喝！”

“好，我陪你喝一点吧！只是一点，我的酒量不成！”

“老李！好朋友！”赵子曰灌下两杯酒，对李景纯又亲热了好多：“告诉我，你与王女士的关系！我们的交情要紧，不便为一个女人犯了心，是不是？”

“我与王女士，王灵石女士？没关系！”

“好！老李你这个人霸道，不拿真朋友待我！”

“老赵！我们自幼没受过男女自由交际的教育，我们不懂什么叫男女的关系！我们谈别的吧——”

## 4

“先生！大年底下的，不多给，还少给吗？”公寓外一个洋车夫嚷嚷着。

“你混蛋！太爷才少给钱呢！”欧阳天风的声音。

“先生，你要骂人，妈的我可打你！”

“你敢，你姥姥——”欧阳天风的舌头似乎是卷着说话。

赵子曰放下酒杯，猛虎扑食似的扑出去。跑到街门外，看见洋车夫拉着欧阳天风的胳臂要动武，欧阳天风东倒西歪的往外夺他的胳臂。

公寓门外的电灯因祝贺新年的原因，特别罩上了一个红纱灯罩。红的灯光把欧阳天风的粉面照得更艳美了几分。那个车夫满头是汗，口中沸吓沸吓的冒着白气，都在唇上的乱胡子上凝成水珠。这个车夫立在红灯光之下，不但不显着新年有什么可庆贺的地方，反倒把生命的惨淡增厚了几分。

“你敢，拉车的！”赵子曰指着车夫说。

“先生，你听明白了！讲好三十个铜子拉到这里，现在他给我十八个！讲理不讲理，你们作先生的？”车夫一边喘一边说。

“欠多少？”李景纯也跑出来，问。

“十二个！先生！”

李景纯掏出一张二十铜子的钱票给了拉车的。

“谢谢先生！这是升官发财的先生！别像他——”拉车的把车拉起来，嘴中叨哩叨唠的向巷外走去。

欧阳天风脸喝得红扑扑的，像两片红玫瑰花瓣。他把脸伏在赵子曰的肩头上，香喷喷的酒味一丝丝的向外发散，把赵子曰的心像一团黄蜡被热气吹化了似的。

“老赵！老赵！我活不了！死！死！”欧阳天风闭着眼睛半哭半笑的说。

“老赵！我们搀着他，叫他去睡吧！”李景纯低声的说。

…………

满天的星斗，时时空中射起一星星的烟火，和散碎的星光联成一片。烟火散落，空中的黑暗看着有无限的惨淡！街上的人喧马叫闹闹吵吵的混成一片。邻近的人家，呱哒呱哒的切煮饽饽馅子。雍和宫的号筒时时随着北风吹来。门外不时的几个要饭的小孩子喊：“送财神爷来啦！”惹得四邻的小狗不住的汪汪的叫。……这些个声音，叫旅居的人们不由的想家。北京的夜里，差不多只有大年三十的晚上有这么热闹。这种异常的喧嚣叫人们不能不起一种特别的感想。……

赵子曰在院中站了好大半天，点了点头，叹了一口气！

# 第　七

## 1

莫大年在一个住在北京的亲戚家过年，除了酒肉的享受，一心一意的要探听些秘密，以便回公寓去的时候得些荣誉。

那是正月初三的晚间，一弯新月在天的西南角只笑了一笑就不见了。莫大年吃完晚饭对他的亲戚说：去逛城南游艺园。自己到厨房灌了一小酒闷子烧酒，带在腰间。

街上的铺户全关着门。猪肉铺的徒弟们敲着锣鼓，奏着屠户之乐，听着有一些杀气。小酒铺半掩着门，几个无家可归的酒徒，小驴儿似的喊着新春之声的“哥俩好！”“四季发财！”马路上除了排着队走的巡警，差不多没有什么行人。偶尔一两辆摩托车飞过，整队的巡警忙着把路让开，显出街上还有一些动作，并不是全城的人们，因新春酒肉过度的结果，都在家里闹肚子拉稀。再说，不时的还听见凄凉而含有希望的“车呀！车！”呢。莫大年踱来踱去，约摸着有十点多钟了，开始扯开大步往东直门走。走到北新桥，往东看黑洞洞的城楼一声不发的好像一个活腻了的老看护妇，半打着盹儿看着这群吃多了闹肚子的病人，嗡——嗡——雍和宫的号声，阴惨惨好似在地狱里吹给鬼们听。莫大年抖了抖精神，从北新桥往北走。走到张家胡同的东口，他四围望了一望，才进了胡同口。胡同里的路灯很羞涩而虚心的，不敢多照，只照出一尺来大一个绿圆圈。隔着十八九丈就有一支灯，除了近视眼的人，谁也不敢抱怨警区不作公益事，只要你能有运气不往矢橛上走。莫大年在黑影里走了五六分钟，约摸着到了目的地。他掏出火柴假装点烟，就势向路南的一家门上照了照"六十二号"。他摸着南墙又往前走，走到六十号，他立住了，四外没有人声，他慢慢上了台阶。把耳朵贴在街门上听，里边没有动静。他试着推了推门，门是虚掩着，开开了一点。他忙着走下台阶来，心里噗咚噗咚直打鼓，脑门上出了一片粘汗。

哗啷哗啷的刀链响，从西面来了一个巡警。莫大年想拔腿往东跑，心中偶然一动，镇静了几秒钟，反向前迎过那个巡警来。

"借光！这是六十号吗？黑影里看不真！"

"不错！先生！"那个巡警并没停住脚向东走去。

莫大年等巡警走远，又上了台阶。大着胆子轻轻推开门，门洞漆黑的好像一群鬼影作成的一张黑幔。他一步一步试着往里走，除了自己的牙哒哒的响，一点别的声音听不到。出了门洞，西边有一株小树，离小树三四尺，便是界墙。树的西边是北房，门洞与北房的山墙形成一条小胡同似的夹着那株小树。他倚在北房的墙垛探着头看，北屋中一点光亮没有，可是影影抄抄的看见西房，大概是两间，微微有些光亮；不是灯烛，而是一跳一跳的炉中的火光。他定了定神，退回到那株小树，背倚着树干，掏出小酒闷子咂了一口酒。酒咽下去，打了一个冷战，精神为之一振。他计划着：

“她没在家？还是睡了？不能睡，街门还没关好！等她回来！可是怎么问她呢？她认识我，对！……可是她要是疑心，而喊巡警拿我呢？”他又喝了一口酒。“我呀？乘早跑！……”

他把小酒闷子带好，正要往外跑，街门响了一声！他的心要是没有喉部的机关挡着，早从嘴中跳出来了。他紧靠着树干，闭着气，腿在裤子里离筋离骨的哆嗦。街门开了之后，像是两个人的脚步声音走进来。可是还没有出门洞就停止住了。一个女的声音低微而着急的说：

“你走！走！不然，我喊巡警！”

“我不能走，你得应许我那件事！”一个男子的声音这样说。

莫大年竖着耳朵听，眼前漆抹乌黑，外面两个人嘀咕，他不知这到底是在梦里，还是真事。

“我喊巡警！”那个女的又重了一句。

“我不怕丢脸！你怕！你喊！你喊！”那个男子低声的威吓着。

那个男子的声音，莫大年听着怪耳熟的，他心中镇静了许多。轻轻的扭过头来往外看，什么也看不见。那两个人似乎在门洞的台阶上立着，正好被墙垛给遮住。

那两个人半天没有言语，忽然那个女的向院里跑来。那个男的向前赶了几步，到正房的墙垛便站住了。那个女子跑到西屋的窗外，低声的叫：“钱大妈！钱大妈！”

“啊？”西屋中一个老婆婆似由梦中惊醒。

“钱大妈，起来！”

"王姑娘，怎么啦？"

"我走！我走！"那个男子像对他自己说。可是莫大年听的真真的，说完他慢慢的走出去。

"给我两根火柴，钱大妈！"那个女的对屋中的老妇人说。

莫大年心中一动，从树根下爬到北墙，把耳朵贴在地上听：墙外咚咚的脚步是往西去了。他又听了听院中，两个妇人还一答一和的说话。他爬到门洞，一团毛似的滚出去。出了街门，他的心房咚的一声落下去，他喜欢的疯了似的往东跑去。一气跑到了北新桥。只有一辆洋车在路旁放着。

"洋车！交道口！"

"四毛钱！先生！"

"拉过来！"

…………

他藏在一家铺户的檐下，两眼不错眼珠的看着十字道口的那盏煤气灯。

从北来了一个人，借着煤气灯的光儿，连衣裳都看得清清楚楚的。

"不错，是他！"

## 2

初四早晨，李顺刚起来打扫门外，莫大年步下走着满头是汗进了巷口。

"新喜！莫先生！怎么这么早就起来啦？"李顺问。

"赵先生在不在？新喜！李顺！"

“还睡着呢！”

“来，李顺！把这块钱拿去，给你媳妇买枝红石榴花戴！”莫大年从夜里发现秘密之后，看见谁都似乎值得赏一块钱，见着李顺才现诸实行。

“哪有这么办的，先生！”李顺说着把钱接过来，在手心中颠了颠，藏在衣袋中的深处。“谢谢先生！给先生拜年了，这是怎会说的，真是！”

“莫先生！新喜！这里给先生拜拜年！”卖白薯的春二，挑着一担子大山里红糖葫芦，和一些小风筝之类（新年暂时改行），往城外去赶庙会。

“新喜！春二！糖葫芦作的好哇！”

“来！孝敬先生一串！真正十三陵大山里红，不屈心！”春二选了一串糖葫芦，作了一个揖，又请了一个安，递给莫大年。可是李顺慌忙的接过去了。

“春二，给你这四毛钱！”

“嘿！我的先生！财神爷！就盼你娶个顺心的，漂漂亮亮的财神奶奶！”

…………

“哇啦——噗，哇啦，哇啦，波，噗！”金銮殿中翻江倒海似的漱起口来。

“老赵！新喜！新喜！”莫大年走过第三号来。

“哇老，噗莫！新——噗！”

“新年过的怎样？”莫大年进了第三号。赵子曰的嘴唇四围画着一个白圈——牙粉——，好像刚和磨房的磨官儿亲了个嘴似的。

“别提！要闷死！你们有家有庙的全去享福，谁管我这无主的孤魂!”赵子曰的漱口已告一段落，开始张牙舞爪的洗脸。

“欧阳呢?”莫大年低声的问。

“大概还睡呢!”

“今天咱们逛逛去，好不好？行不行?”莫大年唯恐赵子曰说道“不行,”站在他背后重了三四遍：“行不行?”为是叫赵子曰明白这个请求是只准赞成而不得驳回的。

“上哪儿?”

“随你！除了游逛之外，还有秘密要告诉你!”

“上白云观?”

“好！快着！说走就走，别等起风!”莫大年催着赵子曰快走，只恐欧阳天风起来，打破他的计划。

赵子曰是被新年的寂苦折磨的，一心盼有个朋友来，不敢冷淡莫大年。忙着七手八脚的擦脸，穿衣裳，戴帽子。打扮停妥，对着镜子照了照，左耳上还挂着一团白胰子沫。

## 3

人们由心里觉得暖和了，其实天气还是很冷。尤其是逛庙会的人们，步行的，坐车的，全带着一团轻快的精神。平则门外的黄沙土路上，骑着小驴的村女们，裹着绸缎的城里头的小姐太太们，都笑吟吟到白云古寺去挤那么一回。

“吃喝玩逛”是新春的生命享受。所谓“逛”者就是“挤”，挤得出了一身汗，“逛”之目的达矣。

浅蓝的山色，翠屏似的在西边摆着。古墓上的老松奇曲古怪的探出苍绿的枝儿，有的枝头上挂着个撕破的小红风筝，好似老太太戴着小红绢花那么朴美。路上沙沙的蹄声和叮叮的铃响，小驴儿们像随走随作诗似的那么有音有韵的。……然而这些个美景都不在“逛”的范围以内。

茶棚里的娇美的太太们，豆汁摊上的红袄绿裤的村女们，庙门外的赌糖的，押洋烟的，庙内桥翅下坐着的只顾铜子不怕挨打的老道士……这些个才是值得一看的。

白云观有白云观的历史与特色，大钟寺有大钟寺的古迹和奇趣。可是逛的人们永远是喝豆汁，赌糖，押洋烟。大钟寺和白云观的热闹与拥挤是逛的目的，什么古迹不古迹的倒不成问题。白云观的茶棚里和海王村的一样喊着：“这边您哪！高飕眼亮，得瞧得看！”瞧什么？看什么？这个问题要这样证明：设若有一家茶棚的茶役这样喊：“这边得看西山！这边清静！”我准保这个茶棚里一位照顾主儿也没有。

所以形容北京的庙会，不必一一的描写。只要说：“人很多，把妇女的鞋挤掉了不少。”就够了。虽然这样形容有些千篇一律的毛病，可是事实如此，非这样写不可。

赵子曰和莫大年到了“很热闹”的白云观。

莫大年主张先在茶棚里吃些东西，喝点茶；倒不是肚子里饿，是心里窝藏着的那些秘密，长着一对小犄角似的一个劲儿往外顶。赵子曰是真饿，闻着茶棚内的叉烧肉味，肚里不住的咕罗咕罗直奏乐。

“老赵！我该说了吧？”两个人刚坐好，没等要点心茶水，莫大年就这样问。

“别忙！先要点吃食！反正你的秘密不外乎糖豆大酸枣！”赵子曰笑着说，跟着要了些硬面火烧，叉烧肉，和两壶白干。

“老赵，你别小看人！我问你，昨天你和欧阳在一块儿来着没有?”

“没有!”

“完啦，我看见他了！不但他，还有她!”莫大年高兴非常，脸上的红光，真不弱于逛庙的村女的红棉袄。

“谁?”赵子曰自要听见有“女”字旁的字，永远和白干酒一样，叫他心中起异样的奋兴。他张着大嘴又要问一声：“谁?”

“王女士!”

“可是他们两个是好朋友!”

“我没看见过那样的好朋友！他对她的态度，不是朋友们所应有的，更不是男的对女的所应有的！……”莫大年把夜里的探险，详详细细的说一遍，然后很诚恳的说：“老赵！我老莫是个傻子．我告诉你一句傻话：赶快找事作或是回家，不必再蹚浑水！欧阳那小子不可靠!”

“可是我自己也得访察访察不是？万一这件事的内容不像你所想的呢？再说，学校的事我也放下不管？回家?”赵子曰带出一些傲慢的态度，说着咂了一口酒。

“学校将来是要解散!”莫大年坚决的说。

“你怎么知道?”

“李景纯这样说吗!”

“听他的!”

“老赵，得！我的话说完了，你爱逛庙你自己逛吧，我回公寓去睡觉！——听我的话，赶快往干净地方走。别再蹚浑水！回头见!”

# 第　八

## 1

赵子曰坐在二等车上，身旁放着一只半大的洋式皮箱，箱中很费周折的放着一双青缎鞋。车从东车站开动的十分钟内，他不顾想别的事，只暗自赞赏这不用驴拉也走的很快的火车："增光耀祖！祖宗连火车没有见过，还用说坐火车！自然火车的发明是科学家的光荣，可是赞美火车是我的义务！"他看了看车中的旅客：有的张着大嘴打着旅行式的哈欠，好像没上车之前就预备好几个哈欠在车上来表现似的；有的拿着张欣生一类[①]的车站上的文学书，而眼睛呆呆的射在对面女客人的腿上；有的口衔着大吕宋烟，每隔三分钟掏出金表看一看；……俗气！讨厌！他把眼光从远处往回收，看到自己身旁的洋式皮箱，他觉得只是他自己有坐二等车的资格与身分！

"莫大年的话确是有几分可靠，可是，"冈！冈！火车拉了两声汽笛。"这样偷跑，不把欧阳的小心急碎？可是，"咕

① 张欣生一类，指当时流行的黄色小说，张某是写这种小说的代表人物。

咙咕咙火车走过一道小铁桥。“王女士？想也无益！”他看了看窗外：屋宇，树木，电线杆都一顺边的往外倒退着：“哼！”……

车到了廊房，他觉得有些新生趣与希望，渐渐把在廊房以北所想的，埋在脑中的深部，而计划将来的一切：

“周少濂接到我的信没有？快信？这只箱子至少叫几个脚夫抬着？两个也许够了？好在只有一双缎鞋！下了火车雇洋车是摩托车？自然是摩托车！坐二等车而雇洋车，不像一句话！……”

车到了老龙头，旅客们搬行李，掏车票，喊脚夫，看表，打个末次的哈欠，闹成一团。赵子曰安然不动的坐在车上，专等脚夫来领旨搬皮箱；他看着别人的忙乱，不由的笑了笑：“没有涵养！”

“子曰！子曰！”站台上像用钢锉磨锯齿那么尖而难听的喊了两声。

赵子曰随着声音往四下看：周少濂正在人群中往前挤。他穿着一身蓝色制服，头上顶着一个八角的学士帽，帽顶上绣着金线的一个八卦。赵子曰看周少濂的新装束，忍不住的要笑。心里说：“真正改良八卦教匪呀！”

“老周！喊脚夫，搬箱子！”

周少濂跳着两根秫秸秆似的小细腿，心肥腿瘦的，勇敢而危险的，跳上车去。他和赵子曰握了握手，把两只笑眼的笑纹展宽了一些，同时鼻子一耸，哭的样式也随着扩充，跟着把他那只皮箱提起来了。

“等脚夫搬！”赵子曰倒不是怕周少濂受累，却是怕有失身分。

"不重！这金黄色的箱子和空的一样！"周少濂提着箱子就往外走，赵子曰也只好跟着走。"这程子好？赤色的乡亲？"

"悲观得很！"赵子曰说。（其实不叫脚夫搬箱子也是可悲的一件事。）

两个人说着话走出了站台，赵子曰向前抢了几步，把一辆摩托车点手叫了过来。他先叫周少濂上车，然后他手扶着车门往四下一望，笑了笑，弯着腰上了车："法界，神易大学！"

## 2

天津，法界，神易大学是驰名全世界的以《易经》[①] 为主体而研究，而发明，一切科学与哲学的。

神易大学共设八科：哲学、文学、心理、地质、机械、电气、教育和政治。学生入学先读二年《易经》，《易经》念的朗朗上口，然后准其分科入系。入那一科是由校长占卜决定之。各科的讲义是按照六十四卦[②]的程序编定的。因版权所有的关系，我不敢抄袭那神圣不敢侵犯的讲义，再说道理太深也不是常人所能了解的；我只好把最粗浅的一些道理说

---

① 《易经》，五经中的一种，又名《周易》，是古代为着占卜吉凶的著作。由卦、爻两种符号和卦辞、爻辞两种文字构成。

② 卦，《易经》中象征自然现象和人事变化的一种符号。以阳爻（⚊）、阴爻（⚋）相配合而成。三个爻组成的卦共八个，通称"八卦"，即"乾、坎、艮、震、巽、离、坤、兑"。其中乾卦文形为（☰），坤卦文形为（☷）。六个爻组成的卦共六十四个，通称"六十四卦"。

明一番：

以乾坤二卦说，在神易大学的地质学科是这么讲：

䷀和䷁便是地层的横断图，而坤卦当中特别看得出地层分裂的痕迹。设若画成这样：䷀，䷁便是地层的竖断图。经上所说的：“初九潜龙勿用”，“九二见龙在田”，那是毫无疑义的说明地层里埋着的古代生物化石。所谓“潜龙”，所谓“在田”不是说古代生物埋在地里了吗。所谓“初九”，“九二”，不是说地层的层次吗。况且，龙又是古代生物；不然，为什么不说“见猫在田?”

再把这两卦移到机械学里讲，那便是阴阳螺丝的说明。假若把这两卦画成这样：䷀，䷁这不是两个螺丝吗。把他们放在一处：䷀䷀䷀难道不是一个螺丝钻透一块木板的图吗。

那么，把六十四卦应用到电气学上讲，那更足使人惊叹中国古代文明的不可及：伏羲画卦是已然发明了阴阳电的作用，后圣演卦已经发明了电报！那六十四卦便是不同的收电和发电机。那乾坤否泰的六十四个卦名，便是电报的号码，正如现在报纸上所谓“宥电”，“艳电”一样。

经中短峭的辞句，正和今日的电报文字的简单有同样用意：如“利见大人”，“利有攸往”，“利涉大川”，不过是说：姓利的见着大人了，姓利的已经起程，姓利的过了大江。至于姓利的这个人，是古代的银行大王，还是煤铁大王，虽然不敢断定；可是无疑的他是个大人物：因为经上说了几次“利艰贞”，那不是说姓利的是个能吃苦，讲信用的汉子吗。……

神易大学的校舍按着《易经》上的蒙卦䷃建筑的。立意是：“非我求童蒙，童蒙求我。”往粗浅里说：来这里念书的要遵守一切规则，有这样决心的，来！不愿受这样拘束的，走！我们就这么办，你来，算你有心向善；你不来，拉倒！有这样的宗旨，加以校址占的风水好，所以在举国闹学潮的期间，只有神易大学的师生依旧弦歌不绝的修业乐道。䷖的第一层是办公室、校长室和教员室。第二第三第四第六层是八科的教室。第五层是学生宿舍和图书馆。四围的界墙满画着八卦，大门的门楼上悬着一方镇物，先天太极图。这些东西原来不过是一些装饰，哪知道暗中起了作用：自从界墙上的八卦画好，门上的镇物悬起，对面的中法银行的生意便一天低落一天，不到二年竟自把一座资本雄厚的银行会挤倒歇业，虽然法国人死不承认这些镇物有灵，可是事实所在，社会上一班的舆论全以为神易大学是将来中国不用刀兵而战胜世界列强的希望所在！

车到了神易大学的门外，赵子曰打发了车钱，周少濂把皮箱提起来，两个人往学生宿舍走。赵子曰东看一眼西看一眼，处处阴风惨惨，虽然没有鬼哭神号，这种幽惨静寂，已足使他出一身冷汗。

“老周！现在有多少学生？”

“十五个！”

“十五个？住这么大的院子，不害怕吗？”

“有太极图镇着大门，还怕什么？”周少濂很郑重的说。

赵子曰半信半疑的多少壮起一些胆子来，一声没言语随着周少濂到了宿舍。屋中除了一架木床之外，还有一把古式的椅子，靠着墙立着；离了墙是没法子立住的，因为是三条腿。靠着窗子有一张小桌，上面摆着一个古铜香炉，炉中放着一些瓜子皮儿。桌子底下放着一个小炭盆，和一把深绿色的夜壶。墙上黄绿的干苔，一片一片的什么形式都有，都被周少濂用粉笔按着苔痕画成小王八，小兔子，撅着嘴的小鬼儿。纸棚上不怕人的老鼠嗑着棚纸，咯吱咯吱的响；有时还嗞嗞的打架。屋外“拍！”“拍！”“拍！”很停匀的这样响，好像有两个鬼魂在那里下棋！

“老周！这是什么响？”赵子曰坐在床上，头发根直往起竖。

“老刘在屋里摆先天《周易》呢！老赵，我给你沏茶去！”周少濂说着向床底下找了半天，在该放夜壶的地方把茶壶找出来。“你是喝浅绿色的龙井，深红色的香片，还是透明无色的白水？”

“不拘，老周！”

周少濂出去沏茶，赵子曰心里直噗咚。“拍！”“拍！”“拍！”隔壁还是那么停匀而惨凄的响，赵子曰渐渐有些坐不住了。他刚想往外走到院子里等周少濂去，隔壁忽然蛤蟆叫似的笑了一阵，他又坐下了！

周少濂去了有一刻来钟才回来，一手提着茶壶，一手拿着两个茶碗。

“老赵你怎么脸白了？”周少濂问。

“我大概是乏了，喝碗茶，喝完出去找旅馆！”赵子曰心里说：“这里住一夜，准叫鬼捏死！”

“你告诉我，住在这里，怎么又去找旅馆？”周少濂越要笑越像哭，越像哭其实是越要笑的这样问。

“我给你写信的时候，本打算住在这里；可是现在我怕搅你用功，不如去住旅馆！”赵子曰说。

“我现在放年假没事，不用功，不用功！”周少濂一面倒茶一面说。

“回来再说，先喝茶。”赵子曰把茶端起来：茶碗里半点热气也看不见。只有一根细茶叶梗浮在比白水稍微黄一点的茶上。赵子曰一看这碗茶，住旅馆的心更坚决了一些。他试着含了一口，假装漱口开开门吐在地上。

“你这次来的目的？子曰！”周少濂说着一仰脖把一碗凉茶喝下去，跟着挺了挺腰板，好像叫那股凉茶一直走下去似的。

“我想找事做！把书念腻烦了！”

“找什么事?”

“不一定!”

“若是找不到呢?”

赵子曰没回答。周少濂是一句跟着一句，赵子曰是一句懒似一句，一心想往外走。

两个人静默了半天，还是周少濂先说话：

“你吃什么？子曰!”

“少濂，我出去吃些东西，就手找旅馆，你别费心!”

“我同你一块儿去找旅馆?”

“我有熟旅馆！在日租界!”赵子曰说着把皮箱提起来了。

“好！把地址告诉我，我好找你去!”

…………

## 3

灰黄的是一团颜色，酸臭的是一团味道，呛哒哗啷的是一团声音。灰黄酸臭而呛哒哗啷的是一团日本租界。颜色无可分析，味道无可分析，声音无可分析。颜色味道声音加在一块儿，无可分析的那么一团中有个日本租界。那里是繁华，灿烂，鸦片，妓女，烧酒，洋钱，锅贴儿，文化。那里有杨梅，春画，电灯，影戏，麻雀，宴会，还有什么？——有个日本租界！

一串串的电灯照着东洋的货物：一块钱便买个钻石戒指，五角小洋就可以戴一顶貂皮帽，叫大富豪戴上也并看不出真假来。短袄无裙的妓女，在灯光下个个像天仙般的娇美，笑着，唱着，眼儿飞着，她们的价格也并不贵于假钻石戒指和貂皮帽。锅贴铺的酸辣的臭味，裹着一股子贱而富于刺激的花露水味，叫人们在污浊的空气中也一阵阵的闻到钻鼻子的香气。工人也在那里，官人也在那里，杀人放火的凶犯也在那里，个个人还都享受着他的生命的自由与快活。贩卖鸦片的大首领，被政府通缉的阔老爷，白了胡子的老诗人，也都在那里消遣着。中国的文化，日本的帝国势力，西洋的物质享受，在这里携着手儿组成一个“乐土天国”。

杨柳青烧了，天津城抢了，日本租界还是个平安的乐窝。大兵到了，机关枪放了，日本租界还是唱的唱，笑的笑，半点危险也没有。爱国的志士激烈的往回争主权，收回租界，而日本租界的中国人更多了，房价更高了。在那里寄放一件东西便是五千元的花费，寄存一条小哈吧狗就是三万块钱。爱国的志士运动的声嘶力尽了，日本人们还是安然作他们的买卖。反正爱国的志士永远不想法子杀军阀，反正军阀永远是烧抢劫夺，反正是军阀一到，人们就往租界跑，反正是阔人们宁花三万元到日租界寄放一条小哈吧狗，也不听爱国志士的那一套演说词，日本人才撇着小胡子嘴笑呢！

赵子曰把皮箱放在日华旅馆，然后到南市大街喝了两壶酒，吃了几样天津菜。酒足饭饱在那灰黄的一团中，找着了他的“乌托邦”。

# 第　九

## 1

“赵先生！”旅馆的伙计在门外叫：“有位周先生拜访。”

“请他在客厅等一等，先打脸水！”赵子曰懒睁虎目，眼角上镶着两小团干黄“痴抹糊”；看了看桌上的小钟，还不到十一点半呢。他有些不满意周少濂这么早就来，闭上眼又忍了两三分钟，才慢慢往起爬，用手巾擦了两把脸，点上一支香烟向客厅走去。

“子曰，才起？”周少濂问。

“昨天太累了，起不来！”赵子曰舒着胳臂伸了个懒腰。“你吃了饭没有，一同出去？”

“不！和你谈几句话，回来还有别的事！”

赵子曰不大高兴的坐在一张卧椅上。

“你说你要找事，是不是？”周少濂挑着小尖嗓子问。

“还没有一定的计划！”赵子曰觉得用话把周少濂冰走，比找事还重要，很冷淡的这样回答。

“有一件事我可以替你帮忙，不知道你愿意干不愿意？”周少濂问。

“我说老周，你先同我出去玩一玩！然后再说找事行不行?”赵子曰很不耐烦的说。

“老赵，你知道我是个诗人，”周少濂很得意的说：“到哪里逛去我总要作诗。前两天同朋友到天仙园看了一天戏，到现在我的‘观剧杂感诗’还没作完。这首诗没作好之前，我的赤色的乡亲，我简直的不能陪你出去玩！话往回说：我有个盟叔，阎乃伯，在东马路住，他要请我去教他少爷的英文。我想荐举你去，你干不干?”

“你为什么不去?”赵子曰问。

“当然有原因呀，”周少濂把嗓音更提高了一些，也更难听了一些：“我是他的盟侄，你看，他要一耍滑头不给我钱，我岂不是白瞪眼！你去呢，他决不会不送束脩。你说——”

“你这位盟叔是干什么的?”

“第一届国会的参议员，作过一任大名道道尹，听说还有直隶省长的希望呢!”周少濂一气说完，显着很得意似的。

“啊!”赵子曰把精神振起一些，也觉得周少濂不十分讨厌了：“他既是阔人，哪能不给你钱，还是你去好！不过你决定不去，我也无妨试一试!”

“好啦！我给你们介绍!”周少濂半哭半笑的笑了一笑，眉上的皱纹聚在一处，好像饿了好几天的小猴儿。“我决定不去：越是有钱的人越爱钱，前者我和他通融些学费，他给了我个小钉子碰。可是我还不能得罪他，咱这穷诗人是不能又穷又硬的！你一去呢，既显着我能交朋友，又表示出我不指着他的束脩，乡亲，你看是不是?作诗是作诗，办事是办事！我很自傲的是个能办事的诗人！况且还有哲学！——”

“可有一层啊，”赵子曰问：“我——我的英文，说真的，可是二把刀哇!”

“没关系！小阎儿从二十六个字母学起。不深！”

“好！就这么办啦！”赵子曰立起来说：“你不和我去玩一玩？”

“不！我赶紧回学校去作成我的‘观剧杂感’呢！再见，赤色的老赵！”周少濂把八卦帽戴上神眉鬼眼的往外走。

## 2

因为吃穿嫖赌是交际场中宇宙起源论的四大要素，赵子曰又给他父亲打了两个电报催促汇款以备应用。他的父亲接电报，放下以捡粪为逍遣的粪箕，忙着从白菜窖里往外刨三十年前埋好的薄边大肚大元宝，然后进城到邮局汇兑，以尽他为赵氏祖宗教养后裔的责任。

赵子曰在接到汇条的前三点钟，还咬牙切齿咒骂他的父亲是“不懂新文化的老财奴！”骂着骂着把汇条骂来了，他稍微回心转意的说：“到底还是有个爸爸，比别人容易利用！”跟着他飞也似的跑到邮局兑了现款，然后到估衣街去制办衣裳。到了估衣街，他两眼惊鸡似的往四下望，望了半天只有华纶衣店挂着“专备华贵衣服”的金匾合了他的意。他应节当令的选了一件葡萄灰色华丝葛面，薄骆驼绒里子的大袄，和一件“时兴的老花样”的红青团龙宁绸马褂。穿上之后在衣店的四面互照的大镜子里一照，他觉得在天津这几天，只有今天有把自己的像片登在天津《太晤士报》上的价值。付了衣价，把旧衣服放在衣店叫小徒弟送到旅馆去。他穿着新衣裳到国货店买了一根“国货店中卖的洋货”的金顶橡木手杖。出了国货店，一路上随走随在铺户的玻璃窗上照：左手金顶手杖，右手大吕宋烟，中间素净而有宝色的马褂，抖哇！

他不但只是满意这几件东西买的好，他根本在精神上觉出东西文化的高低只在此一点。西洋文化是“阔气”“奢华”“势力”，中国文化是“食无求饱”“在陋巷人不堪其忧”。设若吃不饱，穿不暖，而且在小破胡同一住，那不被住洋楼，坐摩托车的洋人打的落花流水，还等什么！为保持民族的尊严起见，为东方文化不致消灭净尽起见，这样把门面支撑起来是必要的，是本于爱国的真诚！而且这样作是最经济的一条到光明之路：洋人们发明了汽车，好，我们拿来坐；洋人们发明了煤气灯，好，我们拿来点。这样，洋人有汽车，煤气灯，我们也有，洋人还吹什么牛！这样，洋人发明什么，我们享受什么，洋人日夜的苦干，我们坐在麻雀桌上等着，洋人在精神上岂不是我们的奴隶！

改造中国是件容易的事，只需大总统下一道命令：叫全国人民全吃洋饭，穿洋服，男女抱着跳舞！这满够与洋人争光的了！至于讲什么进取的精神，研究，发明等等，谁有工夫去干呢！

这是赵子曰的“简捷改造论”！

他左顾右盼的不觉的又进了三不管。他本想去吃一些锅贴，喝两壶白干酒；及至看了看胸前的团龙马褂，他后悔不该有这样没出息，辱蔑民族光荣的思想。于是他把步度调匀，挺着腰板，到日界一家西餐馆里去吃西米粥，牛舌汤，喝灰色剂（Whiskey）。

## 3

他正在轧着醉步，气态不凡的赏识着日租界的夜色。忽然，离着他有三步多远，两个金钢石的眼珠，两股埃克司光线把赵子曰的心房射的两面透亮儿。他把醉眼微睁：那两粒金钢石似的眼珠，是镶在一个增一厘则肥，减一厘则瘦，不折不扣完全成熟的美脸上。不但那两只水凌凌的眼睛射着他，那朵小红蜜窝桃儿似的嘴也向他笑。赵子曰敛了敛神，彻底的还了她一笑。她慢慢的走过来，把一条小白纺绸手巾扔在他脚上。他的魂已出壳，专凭本能的作用把那条手巾拾起来。

“女士！你的手巾？”

“谢谢先生！”她的声音就像放在瓷缸儿里的一个小绿蝈蝈，振动着小绿翅膀那么娇嫩轻脆。“我们到茶楼去坐坐好不好？”

“求之不得！奉陪！”他说完这两句，觉得在这种境界之下有些不文雅，灵机一动找补了两句：“遮莫姻缘天定，故把嫦娥付少年！”

那位女士把一团棉花似的又软又白的手腕搀住他的虎臂，一对英雄美人，挟着一片恋爱的杀气，闯入了杏雨茶楼。

两个选了一间清净的茶座，要了茶点，定了定神，才彼此互相端详。那位女士穿着一件巴黎最新式的绿哔叽袍，下面一件齐膝的天蓝鹅绒裙。肩窝与项下露在外面，轻轻拢着一块有头有尾有眼睛的狐皮。柔嫩的狐毛刺着雪白的皮肤，一阵阵好似由毛孔中射出甜蜜的乳香。腕上半个铜元大的一支小金表，系着一条蜈蚣锁的小细金链。足下肉色丝袜，衬着一双南美洲响尾蛇皮作的尖而秀的小皮鞋。头上摘下卷沿的玫瑰紫跳舞帽，露出光明四射的黑发，剪的齐齐的不细看只是个美男子，可是比美男子还多美着一点。笑一笑肩膀随着一颤；咽一口香唾，脸上的笑窝随着动一动；出一口气，胸脯毫无拘束的一大起一大落，起落的那么说不出来的好看。说一声“什么?”脖儿略微歪一歪，歪的那么俏皮；道一声“是吗?”一排皓齿露一露，个个都像珍珠作成的。……

她眼中的赵子曰呢？大概和我们眼中的赵子曰先生差不多，不过他的脸在电灯下被红青马褂的反映，映得更紫了一些。

赵子曰在几分钟内无论如何看不尽她的美，脑中一时无论如何也想不出一个恰当的字眼来形容她。他只觉得历年脑中积储的那些美人影儿，一笔勾销，全没有她美。

“女士贵姓?”赵子曰好容易想起说话来。

“谭玉娥。我知道你，你姓赵!”她笑了一笑。

“你怎么知道我，谭女士?”

“谁不知道你呢，报纸上登着你受伤的像片!”

“是吗?”赵子曰四肢百体一齐往外涨，差一些没把大袄，幸亏是新买的，撑开了绽。他心中说：“她要是看了那张报纸，难道别个女的看不见？那么，得有多少女的看完咱的像片而憔悴死呀?!”

“我看见你的像片，我就——”谭玉娥低着头轻轻的捻着手表的弦把，脸上微微红了一红。

“我不爱你，我是水牛！不！骆驼！呸；灰色的马！”

“我早就明白你！”

“爱情似烈火的燃烧，把一切社会的束缚烧断！你要有心，什么也好办！”赵子曰一时想不起说什么好，只好念了两句周少濂的新诗。

“我明白你！”谭女士又重了一句。

…………

两个谈了有一点多钟，拉着手出了杏雨茶楼。赵子曰抬头看了看天，满天的星斗没有一个不抿着嘴向他笑的。在背灯影里，他吻了吻她的手。

## 4

赵子曰翻来覆去一夜不曾合眼，嘴唇上老是麻酥酥的像有个小虫儿爬，把上嘴唇卷起来闻一闻还微微的有些谭女士手背上的余香。直到小鸡叫了，他才勉强把眼合上：他那个小脚媳妇披散头发拿着一把铁锄赶着谭女士跑，一转眼，王女士从对面光着袜底浑身鲜血把谭女士截住。那个不通人情的小脚娘举起铁锄向谭女士的项部锄去。他一挺脖子，出了一身冷汗，把脑袋撞在铁床的栏杆上。他摸了摸脑袋，愣眼慌张的坐起来，窗外已露出晨光。

“好事多磨，快快办！”他自己叨唠着，忙着把衣裳穿好，用凉水擦了一把脸，走出旅馆直奔电报局去。

街上静悄悄的，电影园，落子馆，全一声也不响，他以为日租界是已经死了。继而一阵阵的晓风卷着鸦片烟味，挂着小玻璃灯的小绿门儿内还不时的发散着“洗牌”的声音，他心中稍为安适了一些，到底日租界的真精神还没全死。

他到了电报局刚六点半钟，大门关的连一线灯光都透不出来。门上的大钟稳稳当当的一分一分往前挪，他看了看自己的表，也是那么慢，无法！太阳像和人们耍捉迷藏似的，一会儿从云中探出头来，一会儿又藏进去，更叫赵子曰怀疑到："这婚事的进行可别像这个太阳一会出来，一会进去呀！"

八点了！赵子曰念了一声"弥陀佛！"眼看着电报局的大门尊严而残忍的开开了。他抱着到财神庙烧头一股高香的勇气与虔诚，跑进去给他父亲打了个电报：说他为谋事需钱，十万万火急！

打完电报，心中痛快多了，想找谭女士去商议一切结婚的大典筹备事宜。"可是，她在哪儿住?"哈哈！不知道！昨天只顾讲爱情忘了问她的住址了！这一打击，叫他回想夜间的恶梦，他拄着那条橡木手杖一个劲儿颤："老天爷！城隍奶奶！你们要看着赵铁牛不顺眼，可不如脆脆的杀了他！别这么开玩笑哇！"

除了哭似乎没有第二个办法，看了看新马褂，又不忍得叫眼泪把胸前的团龙污了；于是用全身的火力把眼眶烧干，这一点自治力虽无济于婚事的进行，可是到底对得起新买的马褂！

"对！"他忽然从脑子的最深处挤出一个主意来："还是找周少濂，叫他给咱算卦！诚则灵！老天爷！我不虔诚，我是死狗！哪怕大约摸着算出她住在那一方呢，不就容易找了吗？对！"

"对，对，对，对……"他把"对"编成一套军乐，两脚轧着拍节，一路黑烟滚滚，满头是汗到了神易大学。

神易大学已经开学，赵子曰连号房也没通知一声，挺着腰板往里闯。

“老周！少濂！”赵子曰在周少濂宿室外叫。

屋中没有人答应，赵子曰从玻璃窗往里看，周少濂正五心朝天在床上围着棉被子练习静坐，周身一动也不动，活像一尊泥塑小瘦菩萨。

“妹妹的！”赵子曰低声的嘟囔：“我是该死，事事跟咱扭大腿！”

“进——来！子曰！”周少濂挑着小尖嗓子嚷。

“我搅了你吧？”

“没什么，进来！”周少濂下了床把大衣服穿上。

“老周！我求你占一卦，行不行？”赵子曰用手掩着鼻子急切的说。

周少濂忙着开开一扇窗子，要不是看见赵子曰掩着鼻子，他能在那里静坐一天也想不起换一换空气。

“什么事？说！心中已知道的事不必占卜！要计划！”周少濂一面整理被窝，一面说。所谓整理被窝者就是把被窝又铺好，以便夜间往里钻，不必再费一番事。

“咳！少濂！你我同乡同学，你得帮助——”

“有什么了不得的事？”

“说实话吧！我昨天遇见一个姑娘，姓谭，我们要结婚。我问你，你知道她不知道？”

“姓谭？——”

“你知道她？”

“我不知道！我先告诉你一件事，”周少濂说：“阎乃伯已经告诉我，请你去教英文。你想几时到馆？”

"现在我没工夫想那个!"赵子曰急着说。

周少濂张罗着漱口洗脸，半天没言语。赵子曰把眉头皱起多高也想不起说话。

"哈哈!"周少濂一边擦脸一边笑着说:"我有主意啦!——"

"快说!"

"——咱们先到阎乃伯那里去。你慢慢的和他交往，交往熟了，他就能给你办那件事。她要是暗娼呢，他必知道——"

"她不是暗娼!女学生!"

"女学生也罢，妓女也罢，反正阎乃伯能办!作官的最——"

"我上他家作教师，怎能和馆东说这个事?"赵子曰急扯白脸的说。

"你别忙呀，听我的!"周少濂得意扬扬的说："作官的最尊敬娶妾立小的人们。你一跟阎乃伯说，他准保佩服你。他一佩服你，不但他给帮忙，还许越交越近，给你谋个差事。你要是作了官，咱们直隶满城县就又出了个伟人。你看一县里出一个伟人，一个诗人，是何等的光荣!我的傻乡亲!"

"老周你算有根!走!找阎乃伯去!"

# 第　十

## 1

**星期一至星期六：**

上午　八时至十时　《春秋》（读，讲。）《尚书》（背诵）

　　　十时至十二时《晨报》（读世界新闻）　国文

下午　一时至二时　古文（背诵）

　　　二时至三时　习字（星期一，三，五。）

　　　二时至三时　英文（星期二，四。）

　　　三时至四时　珠算，笔算。

　　　四时至五时　游戏，体操。（星期一，三，五。）

　　　四时至五时　昆曲，音乐。（星期二，四。）

**星期日：**

上午　温读古文经书。

下午　旅行大罗天，三不管。或参观落子馆。

这是阎少伯，阎乃伯议员的少爷的课程表。

阎乃伯的精明强干，不必细说，由这张课程表可以看得出来。

阎乃伯议员的少爷很秀美，可是很削瘦。虽然他一星期在院子里的砖墁地上练三次独人的游戏和体操。虽然他每星期到大罗天游艺场旅行一次。阎乃伯议员有些不满意他的少爷那么瘦弱!

## 2

赵子曰除在阎家教书之外，昼夜奔走交际。政客，军官，律师，议员，流氓，土棍，天天在日租界的烟窟金屋会面。人人夸奖他是个有用之材，人人允许给他介绍阔事，人人喜欢他的金嘴埃及烟，人人爱喝他的美人牌红葡萄酒，人人说话带着“妈的!”人人家里都有姨太太。这种局面叫他想起在北京的时候，左手翻着讲义，右手摸白板，未免太可笑而可耻了。这种朋友的亲热与挥霍又不是京中那几个学友所能梦见的了。

更可喜的，在阎家教书不过一个礼拜，而阎乃伯竟会把“老夫子”改成“老赵”，而且有一天晚上酒饭之后，阎乃伯居然拍着他肩头叫了一声“赵小子!”他暗自惊异自己的交际手腕，于这么短的期间内，会使阎乃伯，议员，叫他老赵，甚至于更亲热的叫他赵小子!

从报纸上得到名正大学解散的消息，他微微一笑把报纸放下，这个消息和那张报纸有同样的不值得注意。现在他把“阎乃老”“张厚翁”“孙天老”叫的顺口流；什么“欧阳”咧，“老莫”咧，甚至于“王女士”咧，已经和他小的时候念的《大学》、《中庸》有同样的生涩了。现在他口中把“政治”“运动”“地位”等名词运用的飞熟，有时候还说个“过激党”，什么“争主席”“示威”等等无意义的词句已经成了死的言语。虽然王女士的影儿有时候还在他脑中模糊的转那么一转，可是他眼前的野草闲花，较之王女士的“可远观而不可近玩”又有救急的功效多多了。

阎少伯把英文的二十六个字母还没有学会，赵子曰已把谭女士的事告诉阎乃伯了。阎乃伯听了满口答应给他帮忙，并且称赞他是个有来历的青年，因为阎乃伯的意见是：

“自由恋爱是猪狗的行为。嫖妓纳妾是大丈夫堂堂正正的举动。所以为维持风化起见，不能不反对自由恋爱，同时不能不赞助有志嫖妓纳妾的。”

## 3

糊里糊涂的已把冬天混过去了。天津河里的水已有些春涨了。赵子曰日夜盼谭女士的消息，可是阎乃伯总不吐确实的口话。有时候去找周少濂谈一谈，周少濂是一点主意没有，只作新诗。赵子曰急得把眼睛都凹进去一些，吃饭不香，睡觉不宁，只有喝半斤白干酒，心里还觉痛快一些。

他一个人在同福楼京饭馆吃完了饭，闷闷不乐的往旅馆走。日租界的繁华喧闹已看惯了，不但不觉得有趣，而且有些讨厌的慌了。他一进旅馆，号房的老头儿赶过来低声对他说：

“赵先生，有位姑娘在你的房里等你。”

赵子曰点了点头，没说话，疯了似的三步两步跑到自己屋里去。

小椅子上坐着个妇人，脸色焦黄，两眼哭得红红的，身上穿着一件青袄，委委屈屈的像个小可怜儿。

赵子曰倒吸了一口旅馆中含有鸦片烟味的凉气：“你是谁?”

“谭玉娥!”她低声的回答。

“你干什么来了?”赵子曰一屁股坐在床上，气哼哼的掏出一支烟卷插在嘴里。

“难道你变了心?”谭女士用袖子抹了抹眼泪。

“谁叫你变了模样!”赵子曰“层”的一声划着一根火柴，把洋烟点着，狠狠的吸了几口。

“你肚子里有半斤酒，我脸上加上三分白粉，你立刻就回心转意，容易！容易!”她哭丧着脸说。

“你是怎回事，到底?”

“咳!”

“说话！我的子孙娘娘！说话!”

“赵先生!”谭玉娥很郑重的说，“我求你来了！你是满城人?”

“不错!”

“我也是满城人，咱们是乡亲，所以我来求你!”

“啊!”赵子曰听见乡亲两个字，心里的怒气消去了许多。“到底是怎回事？姑娘!”

“六年前我由家里出来，到女子师范学校念书，咳!”谭女士好像咽了一口眼泪，接着说：“和一个青年跑到天津，我们快活的在一块儿住了一年零三天，他，他姓赵，也姓赵，——他死了！我既没在师范学校毕业，自然没有资格作事；又不能回家，父母不要我；除了再嫁没有求生的方法！再嫁是我唯一的事业！于是我泪在眼窝，笑在眉头，去到处钓鱼似的钓个男人！那时候，我二十五岁，我的面貌还不似这么丑，穿上两件衣裳还可以引动你们男人的注意！结果，我钓着一个盐商，在我的那个赵——死后三个月中！我为衣食饱暖不能不和那个盐商同榻，虽然我真不爱他！在他睡熟之后，我才能落几个泪珠！可是，咳！我的命太苦了，至于图个身上饱暖的福气也没有：他，那个盐商，又被军阀打死，财产抢个一空。我，只剩下一条命，我还得活着——”

赵子曰不知不觉的把半支烟卷扔在痰盂里。

“我的心死了，只为这块肉体活着，死是万难的事！”谭玉娥叹了一口气，接着说：“后来我遇见了一个奉军军官，我们又住在一处。住了不到一年，他的钱挥霍完了，直奉战争之后，他把差事也搁下了。他是有钱会花，没钱便什么事也作，不顾廉耻，不讲人情的，于是他逼着我——用手枪逼着我去拆白！”谭玉娥呆呆看着墙上的画儿，半天也想不起往下说。

“谭——，往下说。”赵子曰的声音柔和多了。

“他天天出去给我采访无知的青年，叫我去引诱他们。我不必细说。一来二去轮到你的身上了，我一听说你也是满城人，我不忍下手了。我准知道你在这里住，可是我始终不肯来。今天他到北京去了，我乘着这个机会来见你。我来求你，不是骗你。你能不能把我带回家乡去？你要我呢，我情愿为婢为奴；你不要我呀，我愿意回到故土去死。我一个人走不了，因为他不给我一个铜子，他怕我逃走。我那身漂亮衣服，他带到北京去，惟恐怕我变卖了好作逃跑的路费。赵先生，你得救我！他今天夜里就回来，你要是发善心救我，还要快办！赵先生！”

谭玉娥说着，给赵子曰跪下了。

赵子曰一声没言语，把她搀起来。又点着一根烟卷皱着眉想主意。

赵子曰真为难了：带她回家，军官不是好惹的呀！虽然我不怕打架，可是有手枪的人们不比老校长们那么老实呀！……我应当带她回家，她是我的乡亲！……到家怎么办？收她作妾，她又不真好看！真叫她回故乡去死，于心何忍！……再说万一带她回家，那个军官拿手枪找我去呢？不妥！

"谭姑娘！"赵子曰又坐在床上，手捧着脑门说："我只能帮助你一些钱，不能带你回家！一来我家中有妻子，二来家事我不能自己作主。我给你一些钱，你设法脱逃吧！我应当把你送回家去，咱们是乡亲，可是我有我的难处！谭姑娘，"他说着把皮夹掏出来："这里是三十块钱，你拿去吧！"

"咳！"谭玉娥立起来，含着眼泪把钱接过去，很小心的放在衣袋里："赵先生，这是我的机会，我得赶紧走！以后怎么样，我不知道。我活着一天，不会忘了你的恩惠！咳！赵先生，半斤烧酒就能叫你把老掉了牙的妇女当作美人，一双白脸蛋就能叫你丧掉生命！我是个没脸的妇人，这两句话是由无耻中得来的经验！我无法报答你的善心，只送给你这两句话吧！赵先生——"谭玉娥抹着泪往外走。

# 第十一

## 1

中国人是最喜爱和平的，可是中国人并不是不打架。爱和平的人们打架是找着比自己软弱的打，这是中国人的特色。军阀们天天打老乡民，学生们动不动便打教员，因为平民与教员好欺侮。学生们不打军阀正和军阀不惹外国人一样。他们以为世界上本来没有公理，有枪炮的便有理，有打架的能力的便是替天行道。军阀与学生都明白这个道理，所可怪的是他们一方面施行这个优胜劣败的原理，一方面他们对外国人永远说：“我们爱和平，不打架！”学生们一方面讲爱国，一方面他们反对学校的军事训练。一方面讲救民，一方面看着军阀横反，并不去组织敢死队去杀军阀。这种“不合逻辑”的事，大概只有中国的青年能办。

外国的中学学生会骑马，打枪，放炮。外国卖青菜的小贩，也会在战场上有条有理的打一气。所以外国能欺侮中国。中国的学生把军事训练叫作“奴隶的养成”，可是中国学生天天喊“打倒帝国主义”！设若这么一喊就真把帝国主义打倒，帝国主义早瓦解冰消了！不幸，帝国主义的大炮与个个人都会打枪的国民，还不是一喊就能吓退的！

赵子曰是个新青年，打过同学，捆过校长，然而他不敢惹迫着谭玉娥作娼妓的那个军官。

那个军官是非打不可的东西！

不打，也好，为什么不把他交法庭惩办？啾！赵子曰不好多事！不好多事为什么无缘无故的打校长一顿？

赵子曰是怕事！是软弱！是头脑不清！他一听兵队两个字，立刻就发颤，虽然他嘴里说："打倒军阀！"一个野兽不如的退职军官还不敢碰一碰，还说"打倒军阀！"

军阀不会倒，除非学生们能领着人民真刀真枪的干！军阀倒了，洋人也就把大炮往后拉了！不磨快了刀而想去杀野兽，与"武大郎捉奸"大概差不了多少。

没有"多管闲事"的心便不配作共和国民！没有充分的军事训练便没有生存在这种以强权为公理的世界的资格！

赵子曰辞了阎家的馆，给周少濂写了个明信片辞行，鲇出溜①的往北京跑。怕那位军官找他打架！

## 2

这两个来月的天津探险，除了没有打枪放火，其余的住旅馆，吃饭店，接吻，吸烟，赵子曰真和在电影儿里走了一遭似的。

他坐在火车上想：

到底是京中的朋友可靠呀！阎乃伯们这群滑头，吃我喝

① 鲇出溜，鲇是一种滑溜的无鳞鱼。"鲇出溜"是北京方言，像鲇一样，很快、无声溜走的意思。

我，完事大吉，一点真心没有！

也别说，到底认识了几个官僚，就算没白花钱！

谭玉娥怪可怜的！给她三十块钱，善事！作善事有好报应！

…………

当赵子曰在天津的时候，天台公寓的人们最挂念他的是崔掌柜的和李顺。两个来月崔掌柜的至少也少卖十几斤烧酒，李顺至少也少赚一两块钱。赵子曰虽然不断称呼李顺为混蛋，可是李顺天生来的好脾性，只记着赵子曰的好处，而忘了"混蛋"的不大受用。况且赵子曰骂完混蛋，时常后悔自己的卤莽而多赏李顺几个钱呢。

崔掌柜的是个无学而有术的老"京油子"。四方块儿的身子，顶着个葫芦式的脑袋。两只小眼睛，不看别的，只看洋钱，长杆大烟袋永远在嘴里插着：嘴里冒烟，心里冒坏；可是心里的坏主意不像嘴里的烟那样显然有痕迹可寻。

李顺呢是长瘦的身子，公寓的客人们都管他叫"大智若愚"。因为他一吃打卤面总是五六大红花碗，可是永远看不见脸上长肉。两只锈眼，无论昼夜永像睡着了似的，可是看洋钱与铜子票的真假是百无一失。所以由身体看，由精神上看，"大智若愚"的这个徽号是名实相符的。

李顺正在公寓门外擦那两扇铜招牌，一眼看见赵子曰坐着洋车由鼓楼后面转过来。他扯开嗓子就喊：

"赵先生回来啦！"

这一声喊出去，掌柜的，厨子，账房的先生，和没有出门的客人，哄的一声像老鸦炸了窝似的往外跑。抢皮箱的，接帽子的，握手的，问这两天打牌的手气好不好的……，问题与动作一阵暴雨似的往赵子曰身上乱溅。李顺不得上前，在人群外把镇守天台公寓一带的小黑白花狗抱起了亲了一个嘴。

赵子曰在纷纷握手答话之中，把眼睛单留着一个角儿四下里找欧阳天风，没有他的影儿；甚至于也没有看见武端与莫大年。他心中一动，不知是吉是凶，忙着到了屋中叫李顺沏茶打洗脸水。

“李顺!”赵子曰擦着脸问:“欧阳先生呢?”

“病啦!”

“什么?”

“病啦!”

“怎么不早告诉我？啊!”

“先生！你才进门不到五分钟，再说又没有我说话的份儿——”

“别碎嘴子！他在哪儿呢?”赵子曰扔下洗脸毛巾要往南屋跑。

“他和武先生出去了，大概一会儿就回来。”李顺说着给赵子曰倒上一碗茶。

“李顺，告诉我，我走以后公寓的情形!”赵子曰命令着李顺。

“喝！先生！可了不得啦！了不得啦!”李顺见神见鬼的说：“从先生走后，公寓里闹得天塌地陷：你不是走了吗，欧阳先生，其实我是听武先生说的，和莫先生，也是听武先生说的，入了银行；不是，我是说莫先生入了银行；在欧阳跟莫先生打架以后！——”

“李顺，你会说明白话不会？说完一个再说一个!”赵子曰半恼半笑的说。

“是！先生！从头再说好不好？”李顺自己也笑了：“你不是走了吗，欧阳先生想你的出京是李景纯先生的主意。所以他天天出来进去的卖嚷嚷，什么瘦猴想吃天鹅肉咧，什么瘦猴的屁股朝天自己挂红咧；喝，多啦！他从小毛猴一直骂到马猴的舅舅，那些猴儿的名字我简直的记不清。干脆说吧，他把李先生骂跑了。先生知道李先生是个老实头，他一声也没言语鲇出溜的就搬了。李先生不是走了吗，莫先生可不答应了。喝！他红脸蛋像烧茄子似的，先和欧阳先生拌嘴；后来越说越拧葱，你猜怎么着，莫先生打了欧阳先生一茶碗，一茶碗——可是，没打着，万幸！武先生，还有我们掌柜的全进去劝架，莫先生不依不饶的非臭打欧阳先生一顿不可！喝！咱们平常日子看着莫先生老实八焦的，敢情他要真生气的时候更不好惹！我正买东西回来，我也忙着给劝，可了不得啦，莫先生一脚踩在我的脚指头上，正在我的小脚头上的鸡眼上莫先生碾了那么两碾，喝！我痛的直叫唤，直叫唤！到今天我的脚指头还肿着；可是，莫先生把怒气消了以后，给了我一块钱，那么，我把脚疼也就忘了！干脆说，莫先生也搬走了！”李顺缓了一口气，接着说：“听武先生告诉我，莫先生现在入了一个什么银行，作了银行官，一天竟数洋钱票就数三万多张，我的先生，莫先生是有点造化，看着就肥头大耳朵的可爱吗！莫先生不是走了吗，欧阳先生可就病了，听武先生说，——武先生是什么事也知道——欧阳先生是急气闷郁；可是前天我偷偷的看了看他的药水瓶，好像什么‘大将五淋汤’——”

“胡说！”赵子曰又是生气又要笑的说：“得！够了！去

买点心，买够三个人吃的！”

“先生！今天的话说的明白不明白？清楚不清楚？”李顺满脸堆笑的问。

“明白！清楚！好！”

“明白话值多少钱一句，先生？”

“到月底算账有你五毛钱酒钱，怎样？”赵子曰说，他知道非如此没有法子把李顺赶走。

“谢谢先生！嗻！”李顺拔腿向外跑，刚出了屋门又回来了：“还有一件事没说：武先生又买了一双新皮鞋，嗻！”

李顺被五毛钱的希望领着，高高兴兴不大的工夫把点心买回来。

“赵先生，武先生们大概是回来了，我在街上远远的看见了他们。”

“把点心放在这里，去再沏一壶茶！”

## 3

赵子曰说完，往门外跑去。出门没走了几步，果然欧阳天风病病歪歪的倚着武端的胳臂一块儿走。赵子曰一见欧阳的病样，心中引起无限感慨，过去和他握了握手。欧阳的脸上要笑，可是还没把笑的形式摆好又变成要哭的样子了。两个人谁也没说话，赵子曰愣了半天，才和武端握手。武端用力跺了跺脚，因为新鞋上落了一些尘土；然后看了赵子曰一眼。赵子曰的精神全贯注在欧阳的身上，没心去问武端的皮鞋的历史。于是三个人全低着头慢慢进了第三号。

“老赵你好！”欧阳天风委委屈屈的说：“你走了连告诉

我一声都不告诉！我要是昨天死了，你管保还在天津高乐呢！”

“我没上天津！”赵子曰急切的分辩：“我回家了，家里有要紧的事！”

“你猜怎么着？”武端看着赵子曰的皮箱说：“要没上天津怎么箱子上贴着‘天津日华旅馆’的纸条？”

“回家也罢，上天津也罢，过去的事不必说！我问你，”赵子曰对欧阳天风说：“你怎么病了？”

“李瘦猴气我，莫胖子欺侮我！他们都是你的好朋友，我这个穷小子还算什么，死了也没人管！”

“老李入了京师大学，莫大年入了天成银行，都有秘密！”武端说：“连你，你猜怎么着？你上天津也有秘密！”

“我不管别人，”赵子曰拍着胸口说：“反正我又回来找你们来了！你们拿我当好朋友与否，我不管，反正我决不亏心！”

“老武！”欧阳天风有气无力的对武端说：“不用问他，他不告诉咱们实话；可是，他也真许回家了，从天津过，住了一夜。”

“就是！我在日华旅馆住了一夜——其实还算不了一夜，只是五六点钟的工夫！欧阳，你到底怎样？”

“我一见你，心中痛快多了！肚子里也知道饿了！”

“才买来的点心，好个李顺，叫他沏茶，他上哪儿玩去啦！李——顺！”

“嗻！——茶就好，先生！”

# 第十二

## 1

已是阴历三月初的天气，赵子曰本着奋斗的精神还穿着在天津买的那两件未出“新”的范围的衣裳，在街上缓步轻尘的呼吸着鼓荡着花香的春风。驼绒大袄是觉着有些笨重发燥了，可是为引起别人的美感起见，自己还能不牺牲一身热汗吗！

他进了地安门，随意的走到南长街。嫩绿的柳条把长宽的马路夹成一条绿胡同，东面中央公园的红墙，墙头上露出苍绿的松枝，好像老松们看腻了公园而要看看墙外的景物似的。墙根下散落的开着几朵浅藕荷色的三月蓝，虽然只是那么几朵小花，却把春光的可爱从最小而简单的地方表现出来。路旁卖水萝菠的把鲜红的萝菠插上娇绿的菠菜叶，高高兴兴的在太阳地里吆唤着春声。这种景色叫赵子曰甚至于感觉到：“在天津日租界玩腻了的时候，倒是要有这么个地方换一口气！”

他一面溜达，一面想：

我总得给老莫和欧阳们说和呀！我走这么几天，这群小兄弟们就打架，我作老大哥的不能看着他们这样犯心呀！还就是我，压得住他们；好！什么话呢，赵子曰不敢说别的，天台公寓的总可以叫得响，跺一跺脚就把全公寓震个乱颤！……对！找老莫去，得给他调解！这群小孩子们，唼！

想到这里，不由的精神振作起来，掏出手巾擦了擦脸上的汗，然后大模大样的喊过一辆洋车到西交民巷天成银行去。

## 2

到了银行，把名片递进去，不大的工夫莫大年出来把赵子曰让到客厅去。莫大年的样子还是傻傻糊糊的，可是衣裳稍微讲究了一些；幸而他的衣服华美了一点，不然赵子曰真要疑心到莫大年是在银行当听差，而不是李顺所谓的银行官了。这次不是赵子曰长着两只“华丝葛眼睛”而以衣服好坏断定身分的高低，而是“人是衣服马是鞍”的哲学叫他不愿意看见莫大年矫揉造作的成个“囚首丧面”的“大奸慝”[①]！

“老莫！抖哇！”赵子曰和莫大年亲热的握着手不忍分开：“不出三年你就是财政总长呀！好老莫！行！有劲！”

“别俏皮我，老赵！你几时回来的？”莫大年问。

“回来有些天了，想不到公寓的朋友会闹得七零八落！”赵子曰说着引起无限感慨：“今天特意来找你，给你们说和说和，傻好的朋友，干什么犯意见呢！”

“你给谁说和，老赵？”

---

① “囚首丧面”的“大奸慝”：“囚首丧面”形容久不梳洗肮脏的人；“大奸慝”指很邪恶的人。

“你和欧阳天风们！小兄弟们，老大哥不在家几天，你看，你们就打架！”赵子曰笑着说。

“别人都好说，唯独欧阳天风，我恨他到底！”莫大年自来红的脸又紫了。

“老莫，小胖子！别这么说，”赵子曰掏出烟卷给了莫大年一支，自己点上一支。“这不像银行老板的口吻！”

“老赵，别挖苦我！”莫大年恳切的说：“关于王女士的事是我告诉你的不是？可是从你走后，欧阳一天到晚骂老李！老李委委屈屈的搬走，我能看得下去不能？再说，欧阳要是没安着坏心，为什么你一走，他就疑心到有人告诉了你和王女士的事？老赵，你我是一百一的好朋友，你爱欧阳，不必强迫我！我老莫是傻老，我说不出什么来，反正一句话说到底，我不愿意再见欧阳！”

“你看，小胖子！刚入了银行几天就长行市！别！你得赏我个脸！”赵子曰一半嘲弄一半劝导着说：“我们，连欧阳在内，全不是坏人，可是都有些小脾气；谁又不是泥捏的，可哪能没些脾气！是不是，小胖子？你不愿和他深交呢，拉倒；可是你得看在我——你的老大哥——的脸上，到一处喝盅酒，以后见面好点头说话！相亲相爱才是‘德谟克拉西’的精神，不然，我可要叫你‘布耳扎维克’了！‘布耳扎维克’就是‘二毛子’的另一名词！哈哈！”

“我问你，”莫大年有些活动的意思了：“你给我们调解，有老李没有？”

“啊？老李？”赵子曰仰着脸看天花板上的花纹，想了半天：“说真的，老莫，我真怕他！不但我，人人怕他，他要是在这里，我登时说不出话来！”

“那么，你不请他?”莫大年钉了赵子曰一眼。

“不请他比请他好——”

“干脆说吧，老赵!”莫大年抢着说：“有老李我就去，谁叫你有这番好心呢；没老李我也不去！老李是可怕，傻好人是比机灵鬼可怕——”

“我也没说老李是不好人哪!”

“——我告诉你老赵，咱们这群人里，老李算第一！学问，品行，见解，全第一！要不是他劝告我，我还想不起入银行来学习一种真本事！我佩服他！他告诉我的话多了，我记不清，我只记得几句，这几句我一辈子忘不了！他说：打算作革命事业是由各方面作起。学银行的学好之后，便能从经济方面改良社会。学商业的有了专门知识便能在商界运用革命的理想。同样，教书的，开工厂的，和作其他的一切职业的，人人有充分的知识，破出命死干，然后才有真革命出现。各人走的路不同，而目的是一样，是改善社会，是教导国民；国民觉悟了，便是革命成功的那一天。设若指着吹气冒烟，脑子里空空如也，而一个劲说革命，那和小脚娘想到运动会赛跑一样，无望，梦想！这是他说的，我自然学说不清，大概就是这个意思。我越想这个话越对，所以我把一切无理取闹的事搁下，什么探听秘密咧，什么乱嚷这个主义那个问题咧，全叫瞎闹！老李是好人，是明白人！老赵！还是那句话，你不请老李我也不去！老赵，对不起！我得办事去，”莫大年立起来了：“怎样给我们说和我听你的，可是得有老李!”

“那么，你今天能不能同我出去吃饭?”赵子曰也立起来了。

“对不起！银行的规则很严，因为经理是洋人，一分一厘不通融，随意出去叫作不行！等着我放假的日子，咱们一块儿玩一玩去。再见，老赵！”

莫大年说完，和赵子曰握了握走进去，并没把赵子曰送出来。

赵子曰心中有些不高兴，歇里歇松的往外走，一旁走一边叹息：“小胖子疯了！叫洋人管得笔管条直！哼！”

## 3

赵子曰软软的碰了莫大年一个小钉子，心中颇有恼了他的倾向；继而一想，莫胖子到底有一股子牛劲，不然，他怎能进了洋人开的银行呢；这么一想，要恼莫大年的心与佩服他的心平衡了；于是自己嘟囔着：“为什么不显着宽宏大量，不恼他呢！”

至于给他们调解的进行，他觉得欧阳天风和李景纯是各走极端，没有“言归于好”的可能。如果把他们约到一处吃吃喝喝，李景纯，设若他真来了，冷言冷语，就许当场又开了交手仗。这倒要费一番工夫研究研究，谁叫热心为朋友呢，总得牺牲！

他回到公寓偷偷的把武端叫出来：

“老武，来！上饭馆去吃饭，我和你商议一件事！”

“什么事？”武端问。

“秘密！”

听了秘密两个字，武端像受了一吗啡针似的，抓起帽子跟着赵子曰走，甚至于没顾得换衣裳。到了饭馆，赵子曰随便要了些酒菜，武端急于听秘密，一个劲儿催着赵子曰快说。

“别忙！其实也不能算什么秘密，倒是有件事和你商议。”

“那么，你冤了我？”武端很不高兴的问。

“要不告诉你有秘密，你不是来的不能这么快吗！”赵子曰笑了：“是这么一回事：我刚才找老莫去啦，我想给你们说和说和。喝！老莫可不大像先前那样傻瓜似的了，入了银行没几天，居然染上洋派头了——”

“穿着洋服？”武端插嘴问。

“——倒没穿着洋服，心里有洋劲！你看，不等客人告辞，他站起来大模大样的说：‘对不起！我还有事，改天见！’好在我不介意，我知道那个小胖子有些牛脖子。至于给你们说和的事，小胖子说非有老李不可。老武你知道：欧阳和老李是冰炭不能同炉的，这不是叫我为难吗！我不图三个桃儿两个豆儿，只是为你们这群小兄弟们和和气气的在一块，看着也有趣不是？我还得问你，老莫好像是很恨欧阳，我猜不透其中的秘密，大概你知道的清楚？”

“闹了半天你是问我呀？好！听我的！”武端把黄脸一板。心中秘密越多，脸上越故意作出镇静的样子来。好像戏台上的诸葛亮，脸上越镇静，越叫人们看出他揣着一肚子坏：“先说我自己：我和谁都是朋友，你猜怎么着？老莫和欧阳打架，并不是和我，而且我还给他们劝解来着，欧阳呢，我天天陪着他上医院；老莫呢，我们也不短见面；老李呢，我虽然不特意找他去，可是见面的时候点头哈腰的也不错。打听秘密是我的事业，自然朋友多不是才能多得消息吗！所以，你要给他们调停，我必去，本来我就没和他们决裂。至于欧阳和老莫的关系，我想：欧阳是恨老李与王女士的关系，而老莫是一时的气粗，决不是老莫成心和欧阳捣乱。这个话对不对，还待证明，我慢慢的访察，自有水落石出的一日。老李呢，我说实话，他和王女士真有一腿；自然这也与我无关，不过我尽报告秘密的责任！你猜——"

"那么，你除了说秘密，一点办法没有？"赵子曰笑着问。

"有办法我早就办了，还等你?!"

"我已经和老莫说的满堂满馅儿的，怎么放在脖子后头不办？"赵子曰问。

"没办法就不办，不也是一个办法吗？"武端非常高兴的说："日后见着老莫，你就说：老李太忙没工夫出来，欧阳病还没好，这不完了?!"

"对！"赵子曰如梦方醒，哈哈的笑起来："管他们的闲事！来，喝酒！"

谈话的美满结果把两个人喝酒划拳的高兴引起来；喝酒划拳的快乐又把两个人相爱的热诚引起来。于是，喝着，划着，说着，笑着，把人世的快乐都放在他们的两颗心里。

"老赵！"武端亲热的叫着："你是还入学呀，是找事作？"

"不再念书！"赵子曰肯定的说。

"你猜怎么着？我也这么想，念书没用！"

"同志！来，喝个碰杯！"

两个人吃了个碰杯。

"找什么事，老赵？"

“不论，有事就作！”

“排场总得要，不能说是个事就作？”

“自然，我所谓的事是官事！作买卖，当教员，当然不能算作正当营业！”

“你猜怎么着？我也这么想，就是作官！作官！”

“同志！再要半斤白干？”

“奉陪！你猜——”武端噗哧的一声自己笑出来：既然说了“奉陪”，干什么还用说“你猜怎么着”呢。

两个人又要了半斤白干酒。

“老赵！我想起来了，有一件事你能作，不知你干不干？”武端问。

“说！自要不失体统我就干！”赵子曰很慎重的说。

“这件事只是你能作！”武端诚恳而透着精明的样子说：“现在有些人发起女权发展会，欧阳也在发起人之中，他们打算唱戏筹款，你的二簧唱得满好，何不加入露露头角！我去给你办，先入会，后唱戏，你的事就算成功了！”

“怎么？”赵子曰端着酒杯问。

“你看，伟人，政客，军官，他们的太太，姨太太，小姐，哪个不喜欢听戏。”武端接着说：“你一登台，立下了名誉，他们是赶着巴结你。自然你和他们打成一气，作官还不容易吗！我是没这份本事，我只能帮助你筹备一切。你看，你要是挂着长胡子在台上唱，我穿着洋服在台下招待，就满打一时找不到事，这么玩一玩也有趣不是？再说，一唱红了，作官是易如反掌呢！你看杨春亭不是因为在内务总长家里唱了一出《辕门斩子》就得了内务部的主事吗！你猜——”武端每到喘气的时候总用个“你猜怎么着”，老叫人想底下还有秘密不敢插嘴。

“可是唱戏也不容易呀!”赵子曰是每逢到武端说“你猜怎么着”就插嘴，这有点出乎武端意料之外。

“我管保说，”武端极诚恳的说：“你的那几嗓子比杨春亭强的多；他要能红起来，你怎么就不能？你猜——”

“制行头，买髯口，都要一笔好钱呢!”

“不下本钱还行啊？可是这么下一点资本比花钱运动官强：因为即使失败，不是还落个‘大爷高兴’吗!”

“谁介绍我入会?”赵子曰心中已赞成武端的建议。

“欧阳自然能给你办!”

“好！快吃！吃完饭找他去!”

# 第十三

## 1

欧阳天风一清早就出去了，留下话叫赵子曰和武端千万早些赴女权发展会的成立大会去。赵子曰起来之后和武端商议赴会的一切筹备事项。筹备事项之中当然以穿什么衣服为最重要，因为他们是要赴“女”权发展会。武端是取“洋服主义”，大氅虽然穿着有点热，可是折好放在胳臂上，岂不是“有大氅不穿而放在胳臂上，其为有大氅也无疑”吗！可是赵子曰的驼绒大袄不能照这么办，（这是华服不及洋服的一点！）要穿夹袍吧，又没有驼绒大袄那么新鲜漂亮。他搓拳跺脚的一个劲儿叨唠：“这怎么好?！这怎么好?！”

“穿上夹袍，”武端建议：“胸前带上个小红缎条，写上：‘有好大袄，没穿。’岂不是全包括住了吗！”

“可是‘没穿’的范围太宽呀，”赵子曰皱着眉，摇着头说：“人家知道我把大袄是放在箱子里，还是寄放在当铺里，不妥！”

“冒下子险！”武端又想了半天才说：“来个‘华丝葛大衫主义！’虽然脱了棉袍就穿大衫有点冷，可是你的身体强壮，还怕冷吗！再说，你猜怎么着？心中有一团增加体面的热力，冷气也不容易侵进来！是不是?”

“干！”赵子曰叹了一口气：“死了认命！都是那个该死的爸爸不给我寄钱！反正我要是冻死，在阎王爷面前也饶不了他个老东西！有生发油没有？老武!”

“有！要香水不要?”武端很宽宏大量而亲热的问。

“要！香香的！不然，一身臭汗气在女权会里挤来挤去，不叫她们给打出来才怪!”

武端忙着把生发油，花颜水拿来。赵子曰先把头发梳的晶光瓦亮（琉璃瓦)，然后大把的往脸上捧花颜水。把脸上的糟面疙瘩杀的生疼，他裂着嘴坚持到底的用力往脸上搓。直搓得血筋乱冒，才下了“适可则止”的决心。然后启锁开箱往出必恭必敬的请华丝葛大衫。

武端把大氅折好，绸子里儿朝外，放在左臂上。右臂插在赵子曰肘下，两朵香花似的从天台公寓出发。

翠蓝的天上挂着几片灰心白边的浮云，东来西去的在天上浮荡着。两个人坐在车上，全仰着头细观天象。那几块浮云一会儿挤到一块把太阳遮住，武端擦着汗乐了；一会儿你推着我，我拥着你的散开，赵子曰挺挺胸膛噗哧的一笑。这样，一个盼着天阴，一个希望天晴，心意不同而目的一样的到了湖广会馆。

会馆门外扎着彩牌，用纸花结成的四个大字:“女界万岁”。

时候还早，除了主事的几位男女忙着预备一切，会场上还没有几个人。赵子曰往四下里看，找不到欧阳天风。他只好和武端坐在一条凳子上闲谈。会场宽大，坐定之后，赵子曰觉得有些冷飕飕的。他问武端：

“你热不热，老武?”

“有些发燥呢!”

“把大氅给我，我——给你拿着!”

两个人正在交涉大氅的寄放问题，欧阳天风满头是汗的跑进来。

“欧阳!”赵子曰立起来叫：“你怎么倒来晚了?”

“老赵，你过来!”欧阳天风点手往外叫赵子曰。武端也随着立起来，跟着赵子曰往外走。走到会场外的大门夹道，欧阳对赵子曰低声的说：“你坐在讲台下第一排凳子上，把帽子放在旁边占下一个空位。回头王女士来，我把她领到你那里去！老武!”欧阳天风回头叫武端，武端急于要听秘密，把笑脸递过来，欧阳说：“今天你得帮忙，别坐在那里不动!”

“叫我作什么?”武端笑着问。

“招待员！来，跟我拿标帜去!”

武端的洋服主义就是胸前插着一朵红花，听欧阳天风这样说，他乐得心里都像疯了似的；若不是极力的压制收敛，当时就得吐一口鲜血。

赵子曰不管他们，忙着跑回会场，坐在第一排凳子上，把帽子放在旁边。他一心秉正的祷告着：她可快来呀！把什么作主席，当招待的光荣全忘去，恭恭敬敬的坐在那里等着她。

欧阳天风和武端都胸前挂上红花，出来进去的走。武端把全身的重力放到脚踵与脚尖上去，把皮鞋底儿轧得吱吱的响。

快十一点钟了，赵子曰已经规规矩矩的在那里坐了四十分钟，会场中人渐渐多起来。赵子曰一手按着他的帽子，一面扭着脖子往外看：凡是一对男女一块儿进来的，总叫他心里一跳；继而一看不是欧阳与王女士，又叫他心里一酸。无意中把脖子扭的角度过大，看见背后隔着几条凳子坐着李景纯。赵子曰忙着把头回过来，呆呆的看着讲台上的黑板。这样有几分钟，他觉得这个“不扭脖子主义”有些不可能。于是又试着慢慢向后扭，还没扭到能看见后面的程度，早就把笑容在脸上画好，轻轻的叫了一声：

“老李!”

“老赵!”李景纯点了点头。“你好吗？老没见!”

“可不是老没见！你胖了，老李!”

“是吗?”

“胖多了!”

“老赵你不冷吗，穿这么薄?”李景纯诚恳的问。

“不冷，还热呢!”说着，赵子曰打了个冷战。“你看，还打‘热’冷战呢！哈哈！你是会员不是，老李?”

“不是!”

“怎么不入会？我可以介绍你入会!”

“看一看，看清楚了再决定入会不入。”

两个人的谈话无法再继续了。

赵子曰一只眼睛无多有少的瞭着李景纯，一只眼睛聚精会神的往外望：欧阳天风在会场门口穿梭似的活动，只是看不见王女士的影儿。好容易欧阳天风往里走了几步，赵子曰立起来把嘴撅起多高向他努嘴。

“她就来，别急!”欧阳天风跑过来低声的说，说完又跑出去。

会场中男男女女差不多坐满了，在喽喽喳喳说话中间，外面哗啷哗啷振了铃。欧阳天风又跑过来低声告诉赵子曰。

“举魏丽兰女士作主席!”

“哪个是?”

“那个!”欧阳天风偷偷的用手向台右边一指：“那个穿青衣裳的!”

“喝！我的妈!”赵子曰一眼看到那位预来的主席，把舌头伸出多长一时收不回去。“我说，这么丑的家伙作主席，我可声明出会!”

“别瞎说!”欧阳天风轻轻打了赵了曰一下又走出去，沿路向会员们给魏女士运动主席。

说真的，魏女士长的并不丑，不过没有什么特别娇美的地方就是了。圆圆的脸，浓浓的眉，脸上并没擦着白粉。身量不矮，腰板挺着，加以一身青色衣裙，更把女子的态度丢失了几分。赵子曰虽然是个新青年，他的美的观念，除了憎嫌缠足以外，并不和赞美樱桃口杨柳腰的古人们有多大分别。况且他赴女权会的目的是在看女人，看艳美娇好的女人，所以他看见魏女士的朴素不华，不由的大失所望了!

## 2

铃声停止，台下吵嚷着推举主席：台下嚷的是举魏丽兰女士作主席，往台上走的也正是“魏丽兰”三个字的所属者那位女士。赵子曰把头低下不敢仰视，他后悔忘了把墨色的眼镜带来。

主席正在报告发起的原因及经过，欧阳天风又过来对赵子曰说：

“张教授回来要演说，挑他的缝子往下赶他！”

“那好办！到底她来不来？”赵子曰低声而急切的问。

“来！就来！”

主席报告完了，请张梦叔教授演说。张教授上了台，他有四十上下的年纪，黄净脸，长秀的眉，慈眉善目的颇有学者的态度。

“女权发展会可叫男人讲演，岂有此理！”赵子曰旁边坐着的一个青年学生说。

“等挑他的毛病，往下赶他！”赵子曰透着十分和气的对那个青年说。

“诸位男女朋友！今天非常荣幸，得与女权发展会诸同志会面。”张教授和声悦色的说，声音不大而个个字说的清楚好听：“……从前女子的事业不过是烹调，裁缝——”

“你胡说！”场中一位女士立起来，握着小白拳头嚷：“什么‘裁缝’？我们女子学‘缝纫’，裁缝是什么东西——”

“打他！打！”赵子曰喊。

“裁缝与缝纫，”场中一个男人立起来雄猛而严重的说：“据我看，并没有什么分别。难道作衣服只缝不裁？或者裁缝这个名词还比缝纫强呢！再说，张教授说的是‘从前的女子事业’，我请这位女士听明白了再说话！”

这几句话颇惹起一部分人的欢迎，鼓掌的声音虽不像个雷，也不减于一片爆竹的爆发。张教授含笑向大家点了点头继续讲：

“——女权的得到不是凭空说的，在欧战的时候，英国女子代替男子作一切事业，甚至于火车站上扛东西卸货物全是女子去作。那么，战后女子地位的增高与发展是天然的，因为她们真在社会上尽了职，叫男人们无从轻视她们。至于我们的女子事业，我实在不敢说是已经发达，倒是要说简直没有女子事业——”

“这是侮蔑中华女界！”后面七八位女士一齐扯着尖而悍的嗓子喊：“怎么没有女子事业？我们这几个女子就是作女教员的！啊？——”

“下去！打！打他！”赵子曰拼着命的喊。跟着他立起来把衣袋中的一把铜元，哗喇一声向台上扔去。主席往外退了几步，男的争着往台上跑，女的就往场外逃，乱成了一团。

张教授被几个朋友围住，赵子曰们不得下手，于是把“打他”改为“把他逐出去！”张教授随着几个朋友一声没言语走出去。

主席定了定神。又请陈骚教授演说。台下的人们还没听清楚，陈教授已跳上台去，向人们深深鞠了一躬。

“诸位男女同志！”陈骚教授霹雳似的喊了一声，把会场中的喧哗会一下子压下去：“从人类历史上看，女子对于文化进展的贡献比男子多，因为古代历史上的记载全是女权比男权大，这是事实！”

台下鼓掌延长至三分钟。

“现在的社会组织，看着似乎男子比女子势力大，其实不然，我试问在场的两个问题：第一，没有女子，可有家庭，可有社会，可有国家，可有人类？——”

“没有！！”台下惊天动地的喊。

“第二，”陈教授瞪着眼睛喊：“可有几个男子不怕老婆的？”

“没有！”台下女的一齐喊。只有一个男子嚷了一声：“我就不怕！”

“你不怕？”陈教授笑着问：“你根本不知道尊重女权！”

“哈拉！哈拉！”台下女的跺着脚喊。鼓掌的声音延长至十分钟，不能再叫陈教授说话，也好，陈教授鞠了一躬下去了。

陈教授忽然下台，主席只好宣布选举会长职员。会员们全领了票纸，三五成群的商议着举谁好。女会员们想不起举谁，而一个劲儿的骂会中预备的铅笔不好使。

赵子曰把票放在票匭里，不等听选举结果就往外跑。

“老赵！”武端在门口伸着大拇指向赵子曰说：“你算真行！”

“欧阳呢？”赵子曰问。

“他走了，和一个军官的儿子叫贺金山的吃饭去了！”

“好，这小子把我冤了！”赵子曰叹了一口气。

“怎么？”

“王女士没来！”

“你没看见李景纯吗？”武端贼眉鼠眼的问：“他来，她就不能来！你猜——”

# 第十四

## 1

凡是抱着在社会国家中作一番革命事业的，“牺牲”是他的出发点，“建设”是他最后的目的，而“权利”不在他的计较之内。这样的志士对于金钱，色相，甚至于他的生命全无一丝一毫的吝惜；因为他的牺牲至大是一条命，而他所树立的至小是为全社会立个好榜样，是在历史上替人类增加一分光荣。赵子曰是有这种精神的，从他的往事，我们可以看出：以打牌说吧，他决不肯因为爱惜自己的精神而拒绝陪着别人打一整夜。他决不为自己的安全，再举一个例，而拒绝朋友们所供献给他的酒；他宁叫自己醉烂如泥，三天伤酒吃不下去饭，也不肯叫朋友们撇着嘴说：“赵子曰不懂得交情！”这种精神是奋斗，牺牲，勇敢！只有这种精神能把半死的中国变成虎头狮子耳朵的超等强国，那么，赵子曰不只是社会上一时一地的人物，他是手里握着全中国的希望的英雄。

什么是牺牲的对象？忠君？爱父母？那都是一百年前的事！那些事的范围都是狭小的！赵子曰是迎着时代走的，随着环境变的，他的牺牲至少也是为讨朋友们喜欢，博得社会上的信仰；比如拼命陪着朋友们吃酒，挨着冻穿华丝葛大衫，都是可注意的，有价值的事实。自然，这样的事实不能算他的重要建设，可是以小见大，这几件小事不是没有完全了解新思潮的意义的人们所能办到的。

有了这样崭新的见解，然后才能捉住一个主义死不松手，而绝对的牺牲，而坚持到底，而有往风涛上硬闯的决心！所以，有时候我们看赵子曰的意见与行事似乎有前后不一致的样子，其实那根本是我们不明白：什么叫绝对牺牲，什么叫坚持到底。我们要是明白这些，细心的从他的主义与行事的全体上来解剖，我们当时可以见出他的前后矛盾的地方正是他有时候不能不走一段歧路而求最后的胜利。以他捆校长和他不再念书说吧，我们不留心看总以为他是荒唐；可是，我们在下这个判断以前，应当睁大了眼睛看：为什么捆校长？为什么不再念书？假如我们想出：捆校长是为打倒学阀，爱护教育；不再念书是为匀出工夫替社会作革命事业；那么，这是不是他有一定的主义与坚定不挠的精神？

如此，赵子曰说“西”，我们该往“东”看；赵子曰今天说“是”，我们应当明天在“不”那里等着他。东就是西，西就是东，今天的“是”里有个明天的“不是”，明天的“不是”便有个今天的“是”。这才是真能随着环境走而不失最终目的的人物，这才是真能有出奇制胜随机应变的本事。在我们没有明白“是”中的“不是”，“不是”中的“是”以前，我们不应当随便下断语来侮蔑这样的英雄；我们不应当用我们狭陋的心来猜测赵子曰的惊风不定，含蕴万端的心意与计划。

又说回来了：赵子曰的为国为民牺牲一切是可佩服的。

现在，他要替女权发展会牺牲色相，唱戏募捐了。

## 2

夜间，赵子曰把打牌的时间缩短，有时候居然在三点钟以前就去睡觉，以便保养嗓子。早晨，提着一团精神不到九点钟就起来，口也不漱到城外护城河岸去溜嗓子。沿着河岸一面走一面喊："啊——哦——儿吓啊——"把河中的小鱼吓得都不敢到水皮儿上来浮，苇丛中的青蛙都慌着往水里跳。直喊到他口燥喉干，心中发空，才打道进城回公寓。

赵子曰所预备的戏是《八大锤》，《王佐断臂》。

第三号的地上垫上三尺多厚的麻袋，又铺上三层地毡。没黑带晚，哪时高兴哪时第三号主人就从床上脊背朝下往地上硬摔，学着古人王佐的把胳臂割下来还闹着玩似的摔个"抢背"。东墙上新安上一面大镜，摔完"抢背"，手里拿着割下来的那只臂，(其实是一根木棍。）向着镜子摇头耸鼻的哆嗦一阵，一边哆嗦，嘴里一边念："呛，呛，呛，吧嗒呛。"正和古人哆嗦的时候也有乐器随着分毫不差。

有时候他挂上三尺来长的，吃饭现往下摘，吐唾沫现往起撩的黑胡子，足下穿上三寸多厚的粉底高靴，向着镜子朝天的扭。呛！一摸胡子。哒！一甩袖。呛哒！一拐腿腕向前扭一步。这样从锣鼓中把古人的一举一动形容得惟妙惟肖。

离登台之期将近！除了挂胡子，穿靴子之外，他头上又扎上了网巾。网巾扎好：把眉毛吊起多高，眼睛挤成两道缝，而且脑门子发僵，有些头昏眼花。可是，他咬着牙往下忍，谁叫古人爱上脑箍呢，唱戏的能不随着史事走吗？牺牲的真精神？

装束已毕，把一床被子挂在八仙桌前当台帘，左手撩袍，右手掀被子，口中一声：“瓜——呛！”他轻脆的往外一步跨出来。走了两步，然后站住耍眼珠，眼珠滴溜乱转约有半分钟的工夫，才又微微点了点头。点完了头，用双手的大拇指在整副的黑胡子边儿上摸了一摸；因为古人的胡子是只运动边部而不动中心的。然后欲前而横的摆了两步，双手轻轻正一正冠，口中“喋！喋！”学着小锣的声音，古人正冠的时候总是打两下小锣的。

这样练习了几次，然后自拉自唱的仿效着古人的言语声调。原来古人的言语是一半说一半唱。或者说：言语与歌唱没有分别。欢喜也唱，悲哀也唱，打架也唱，拌嘴也唱。老太太也唱，小小子也唱，大姑娘也唱，小妞儿也唱。而且无论白天黑夜想唱就唱，甚至于古代的贼人在半夜里偷东西的时候，也是一面偷一面唱。歌唱以前往往先自己道一个姓名，这个理由直到现在才有人明白：据心理学家说，中国古代的人民脑子不很好，记忆力不强，所以非自己常叫着自己的姓名不可；不如此，是有全国的人们都变成“无名氏”的危险。

## 3

赵子曰私下用了七八天的工夫，觉得有了十二分的把握。于是把欧阳天风，武端和旁的两三位朋友请过来参观正式演习。

“诸位，床上站着！”赵子曰挂着长髯在被子后面说：“地上是我一个人的戏台！先唱倒板，唱完别等我掀帘，你们就喊好儿！‘迎头好’是最难承受，十个票友倒有九个被‘迎头好’给吓回去的。有多大力量用多大力量喊，听见没有?”

吩咐已毕，他在被子后面唱倒板：“金乌坠……玉兔东……上哦……哦……哦——”

“好＜哇!!!”大家立在床上鼓着掌扯开嗓子喊。

“呛——呛!”赵子曰自己念着锣鼓点，然后轻脆的一掀被子，斜着身扭出来。

“好！好!”又是一阵喝彩。

赵子曰心中真咚咚的直跳，用力镇静着，摸胡子，正帽子，耍眼神，掀起胡子吐了一口唾沫，又用厚底靴把唾沫搓干，一点过节也没忘。然后唱了一段原板二簧。唱完了把蓝袍脱下，武端从床上跳下来，帮助王佐换上青袍。王佐等武端又上了床，才把一口木刀拿起来往左臂上一割。胳臂割断，跳起多高，一个鹞子翻身摔了下去。然后“瓜哒瓜哒”慢慢往起爬，爬起来，手里拿着那只割下来的胳臂，头像风车似的摇了一阵。……

该唱的唱了，该说的说了，该摔的摔了，该哆嗦的哆嗦了；累得赵子曰满身是汗，呼哧呼哧的喘。欧阳天风跳下床来给他倒了一碗开水润润嗓子。

“怎样，诸位?”赵子曰一面卸装一面问。

“好极了！你算把古人的举动态度琢磨透了!”大家争着说。

“好，日夜咂摸古人的神气，再不像还成呀!”赵子曰骄傲自足的一笑。

“‘真’就是‘美’,”内中一位美术院的学生说：“因为你把古人的行动作真了，所以自然观着美！你那一摸胡子，一甩袖子，纱帽翅一颤一颤的动，叫我没法子形容，我只好说真看见了古人，真看见了古代的美！”

“老武！腔调有走板的没有？”赵子曰听了这段美术论，心中高兴极了，可是还板着面孔，学着古人的“喜怒不形于色”，故意问自己有无欠缺的地方。

“平稳极了！”武端说：“你猜怎么着。就是‘岳大哥’的‘岳’字没有顿住，滑下去了！是不是？”

“那看哪一派！”欧阳天风撇着小嘴说：“谭叫天永远不把‘岳’字顿住！”

(欧阳天风到北京的时候，谭叫天早已死了！谭叫天到上海去的时候，欧阳天风还不懂什么叫听戏！)

“到底是欧阳啊！——”赵子曰点头咂嘴的说：“老武！你的二簧还得再学三年！”

“先别吹腾！”欧阳天风笑着说：“那顶纱帽不可高眼！”

“怎么？”

“差着两盏电灯！”欧阳天风很得意的说：“你看，人家唱《秋胡戏妻》的时候，桑篮上还有电铃，难道你这个王佐倒不如秋胡的媳妇阔气？不合逻辑！”

“安上电灯，万一走了电，王佐不但断了臂，也许丧了命哇！”赵子曰很慎重的说：“小兄弟！别乱出主意！”

“黄天霸，杨香五的帽子上现在全有电灯，就没有一个死了的，你为什么单这样胆小？”欧阳天风拍着赵子曰的肩膀说：“你的戏一点挑剔没有，除了短两盏电灯！我保险，死不了！”

这个问题经几个人辩论了两点多钟，大家全赞成欧阳天风的意见。于是赵子曰本着王佐断臂的牺牲精神，在纱帽上安了两盏小电灯，一盏红的，一盏绿的。

# 第十五

## 1

“李顺！”赵子曰由戏园唱完义务戏回来，已是夜间一点多钟。

“嗻！”李顺从梦中凄凄惨惨的答应一声，跟着又不言语了。

“李——顺！！”

“嗻！”李顺揉着眼睛，把大衣披上走出来。

“你愿意挣五角钱不？李顺！”

“钱？”李顺听了这个字，像喝了一口凉水似的，身上一抖，完全醒过来：“什么？先生！钱？”

“钱！五角！”赵子曰大声的说：“你赶紧快跑，到后门里贴戏报子的地方，把那张有我的名字的报子揭下来！红纸金字有我的名字，明白不明白？不要鼓楼前贴着的那张，那张字少；别揭破了，带着底下的纸揭，就不至于撕破了！办得了办不了？”

“行，先生！这就去？”李顺问。

“可不这就去，快去！”

“五毛钱？”

“没错儿，快去！”

李顺把衣钮扣好，抖了抖肩膀，夜游大仙似的跑出去。

赵子曰把刚才唱完的《王佐断臂》的余韵还挂在嘴边，一边哼唧着，一边想那绕着戏馆子大梁的那些余音，不知道什么时候才能散尽。哼唧到得意之际，想到刚才台前叫好喝彩的光景，止不住的笑出了声。

“赵子曰会这么抖？”他自己说：“真他妹妹的没想到！”他合上眼追想戏园中的经过：千百个脑袋，一个上安着两只眼睛，全看着谁？我！赵子曰！“好！”千百张嘴，每张两片红嘴唇，都说道谁？喝谁的彩？我！赵铁牛！“好！”那“抢背”摔的，嘿！真他妈的脆！包厢里那些姨太太们，台根底下那个戴着玳瑁眼镜的老头儿——“好吗！”“好！”

他想着，念道着，笑着，忽然推开门跳出去。到了院中，看看南屋黑洞洞的，欧阳天风还没有回来。“傻小子，穷忙！台下忙十天，也跟不上台上露一出哇！也别说，欧阳也怪可怜的，把小脚鸭都跑酸了！”

他在院中来回走了半天，李顺“邦”的一声把街门推开，瞪着眼，张着嘴，呼哧呼哧的直喘。双手把那张红戏报子递给赵子曰。

“来！进来！”赵子曰把李顺领到屋里去：“慢慢的拉着，别使劲！”两人提心吊胆的像看唐代名画似的把那张戏报展开。赵子曰把脑袋一前一后的伸缩着念：“初次登台，谭派须生，赵子曰。烦演：《八大锤》，《王佐断臂》，车轮大战，巧说文龙，五彩电灯，真刀真枪，西法割臂，改良说书。”他念完一遍，又念了一遍，然后，又念了一遍。跟着又蹲下去看看戏报的反面，没看见别的，只有些干浆糊皮子和各色碎纸块。

“李顺！”赵子曰抿着嘴，半闭着眼，两个鼻孔微微的张着，要笑又不好意思的，要说话又想不起说什么好：“李顺！啊？”

“先生！你算真有本事就结了！”李顺点着头儿说：“《八大锤》可不容易唱啊！十年前，那时候我还不像这么穷，听过一回那真叫好：文武带打，有唱有念！喝！大花脸出来，二花脸进去，还有个三花脸光着脊梁一气打了三十多个旋风脚！喝！白胡子的，黑胡子的，还出来一个红胡子的！简直的说，真他妈的好！——”

“你听的那出，王佐的纱帽上可有电灯？”赵子曰撇着嘴问。

“没有！”

“完了，咱有！”

“我还没说完哪，我正要说那一出要是帽子上有了电灯可就‘小车子不拉，推好了！’就是差个电灯！——”

“慢慢卷起来！”赵子曰命令着李顺：“慢着，别撕了！明天你上廊房头条松雅斋去裱，要苏裱！明白什么叫苏裱呀？”

“明白！”李顺恭而敬之的慢慢往起卷那张戏报子：“就是不明白，我一说苏裱，裱画匠还不明白吗？先生！”

“裱好了，”赵子曰很费思索的说：“我再求陆军次长写副对子。一齐挂在这小屋子里，李顺，你看抖不抖？！”

“抖！先生！谁敢说不抖，我都得跟他拼命！”李顺说。

“好啦！你睡觉去吧！明天想着上松雅斋！”

“嗻！忘不了！”李顺规规矩矩走出去，走到门外，回头看了看赵子曰，偷偷的要笑而又不敢，捂着嘴到了他自己的屋里才笑出来。

赵子曰本想等着欧阳天风和武端回家，再畅谈一回。可是戏台上的牺牲过大，眼睛有些睁不开了。于是决定了暂把一肚的话埋那么一夜，明天再说。

他倒在床上颠来倒去的梦着：八大锤，锤八大，大八锤，整整捶了一夜。

## 2

第二天早晨，李顺把脸水拿进来，看见赵子曰在地上睡的正香。大概是梦里摔“抢背”由床上掉下来。

“先生，我说赵先生，热水您哪！”李顺叫。

“李顺！”赵子曰愣眼瓜哒的坐起来说：“把水放下，拿那张戏报子去裱！”

“嗻！我先把先生们的脸水伺候完，先生！就去，误不了！”

## 3

果然不出武端所料：唱过义务戏以后，赵子曰又交了许多新朋友。票友儿，伶人们全不短到天台公寓来，王大个儿的《斩黄袍》也不敢在白天唱了。票友儿与伶人们都称呼他为“赵老板”，有劝他组织票房的，有劝他拜王又宸为师的。赵子曰不但同意了他们的建议，而且请他们到饭馆足吃足喝一阵。

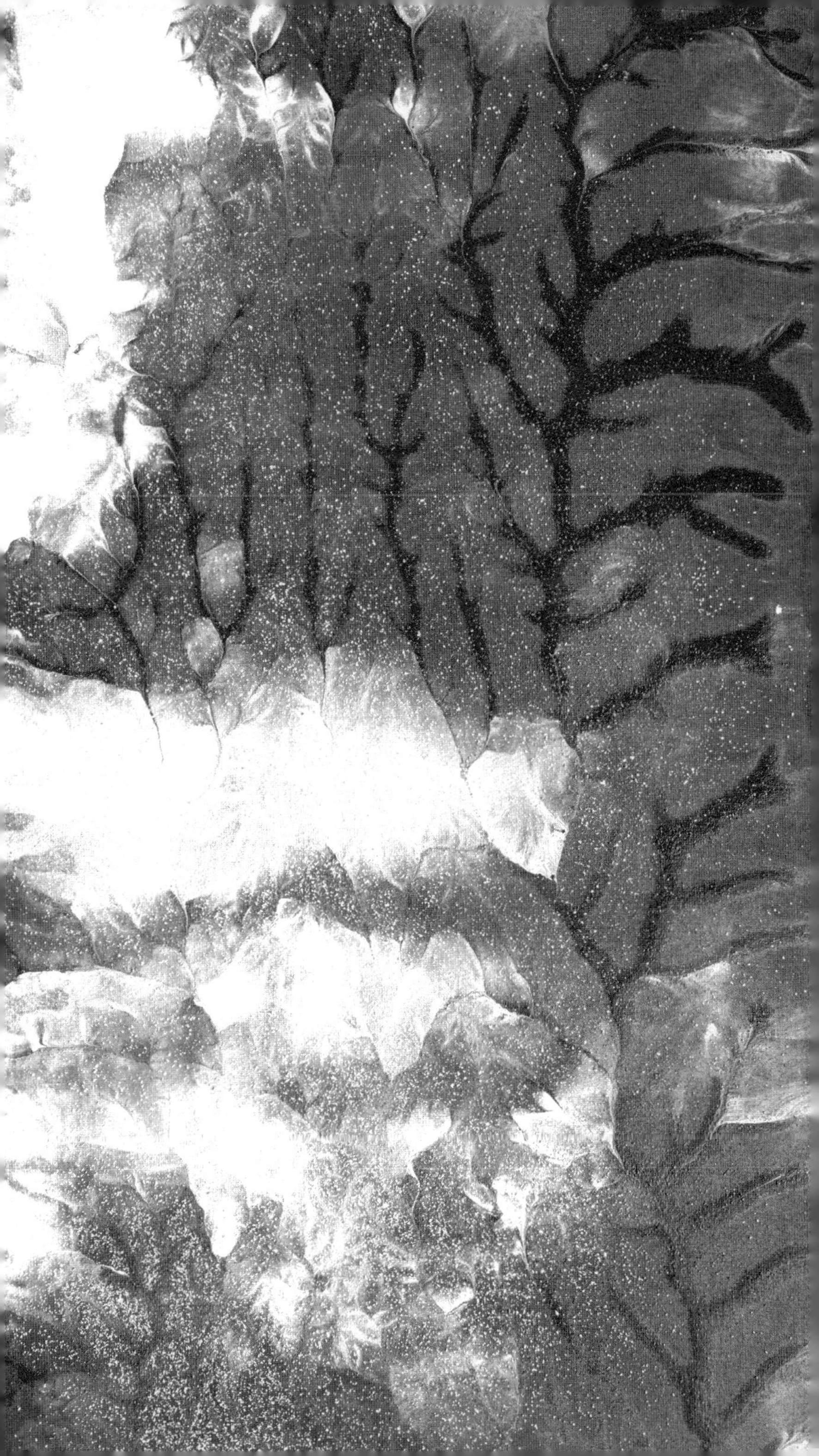

专唱扫边老生的票友李五自荐给赵子曰说戏。唱二花脸的张连寿见面就说：“赵老板成了名角的时候，可别忘了咱傻张啊!”于是在一个礼拜内李五和张连寿居然吃了赵子曰十顿金来凤羊肉馆。他们越把赵老板叫得响，赵老板越劝他们点菜。菜越上来的多，他们越把赵老板叫得响。直到他们吃得把赵老板三个字都叫不出来了，赵老板才满意了自己的善于交际。

拉胡琴的小辫儿吴三情愿天天早晨给赵子曰吊嗓子，纯是交情，不取分文。赵子曰心中老大不过意，吴三是坚决不要钱。过了几天，吴三和赵子曰要了五块钱，说：给赵子曰买一把蛇皮胡琴，赵子曰的心中舒服多了。

闹腾的快到五月节了，这群新朋友除吃喝赵老板以外，还没有一位给赵老板打主意谋事的。赵子曰心中有些打鼓。

“我说，老武！戏也唱了，新朋友也交上啦，可是事情还一点苗头看不出来呀?!”

“别忙啊!”武端稳稳当当显出足智多谋的样子说：“哪能刚唱一出就马上抖起来呢！——”

“可是我已经花了不少——”

“不花钱还成呀！你猜——”

“好！听你的!”

# 第十六

## 1

设若诗人们睁着一只眼专看美的方面，闭着一只眼不看丑的方面，北京的端阳节是要多么美丽呢：

那粉团儿似的蜀菊，衬着嫩绿的叶儿，迎着风儿一阵一阵抿着嘴儿笑。那长长的柳条，像美女披散着头发，一条一条的慢慢摆动，把南风都摆动得软了，没有力气了。那高峻的城墙长着歪着脖儿的小树，绿叶底下，青枝上面，藏着那么一朵半朵的小红牵牛花。那娇嫩刚变好的小蜻蜓，也有黄的，也有绿的，从净业湖而后海而什刹海而北海而南海，一路弯着小尾巴在水皮儿上一点一点；好像北京是一首诗，他们在绿波上点着诗的句读。净业湖畔的深绿肥大的蒲子，拔着金黄色的蒲棒儿，迎着风一摇一摇的替浪声击着拍节。什刹海中的嫩荷叶，卷着的像卷着一些幽情，放开的像给诗人托出一小碟子诗料。北海的渔船在白石栏的下面，或是湖心亭的旁边，和小野鸭们挤来挤去的浮荡着；时时的小野鸭们噗喇噗喇擦着水皮儿飞，好像替渔人的歌唱打着锣鼓似的："五月来呀南风儿吹"噗喇，噗喇。"湖中的鱼儿"噗喇，"嫩又肥"噗喇，噗喇。……那白色的塔，蓝色的天，塔与天的中间飞着那么几只野灰鸽：一上一下，一左一右，诗人的心随着小灰鸽飞到天外去了。……

再看街上：小妞儿们黑亮的发辫上戴着各色绸子作成的小老虎，笑涡一缩一鼓的吹着小苇笛儿。光着小白脚鸭的小孩子，提着一小竹筐虎眼似的樱桃，娇嫩的吆喝着“赛了李子的樱桃哑！”铺户和人家的门上插上一束两束的香艾，横框上贴上黄纸的神符，或是红色的判官。路旁果摊上摆着半红的杏儿，染红了嘴的小桃，虽然不好吃，可是看着多么美！

不怪周少濂常说：“美丽的北京哟！美丽的北京端阳节哟！”“哟”字虽然被新诗人用滥了，可是要形容北京的幽美是非用“哟”不可的；一切形容不出的情感与景致，全仗着这个“哟”来助气呢。

可是社会上的真象并不全和诗人的观察相符，设若诗人把闭着的那只眼睛睁开，看看黑暗的那一方面，他或者要说北京的端阳节最丑的了：

屠户门前挂着一队一队的肥猪大羊。血淋淋的心肝，还没有洗净青粪的肚子，在铁钩上悬着。嗡嗡的绿豆蝇成群的抱着猪头羊尾咂一些鲜血，蝇子们的残忍贪食和非吃肉不算过节的人们比较，或者也没有多大的分别。小孩子们围着羊肉铺的门前，看着白胡子老回回用大刀向肥羊的脖子上抹，这一点“流血”与“过节”的印象，或者就是“吃肉主义”永远不会消失的主因。

拉车的舍着命跑，讨债的汗流浃背，卖粽子的扯着脖子吆喝，卖樱桃桑椹的一个赛着一个的嚷嚷。毒花花的太阳，把路上的黑土晒得滚热，一阵旱风吹过，粽子，樱桃，桑椹全盖上一层含有马粪的灰尘。作买卖的脸上的灰土被汗冲得黑一条白一条，好像城隍庙的小鬼。

拉车的一口鲜血喷在滚热的石路上，死了。讨债的和还债的拍着胸膛吵闹，一拳，鼻子打破了。秃着脑瓢的老太太和卖粽子的为争半个铜子，老太太骂出二里多地还没解气。市场上卖大头鱼的在腥臭一团之中把一盘子白煮肉用手抓着吃了。……

这些个混杂污浊也是北京的端阳节。

屠场挪出城外去，道路修得不会起尘土，卖粽子的不许带着苍蝇屎卖，……这样：诗人的北京或者可以实现了。然而这种改造不是只凭作诗就办得到的！

## 2

“老武！欧阳！”赵子曰在屋中喊：“明天怎么过节呀？”

“你猜怎么着？”武端光着脚，踏拉着鞋走过第三号来：“明天白日打牌，晚上去听夜戏。好不好？”

“不！听戏太热！”欧阳天风也跑过来：“听我的：明天十点钟起来，到中央公园绕个圈子。绕的不差什么的，在春明馆喝点酒吃点东西。我的请！我可有些日子没请你们吃饭了？是不是？吃完饭，回到公寓，光着脊梁凉凉快快的把小牌一打。晚饭呢，叫公寓预备几样可口的菜，叫李顺去到柳泉居打真正莲花白。吃完晚饭，愿意耍呢再接续作战，不愿意呢，出去找个清静的地方溜个弯儿。这样又舒服，又安静，比往戏园子里钻强不强？再说，要听戏叫老赵唱两嗓子，对不对，赵老板？”

“还是你的小心眼儿透亮！”赵子曰眉开眼笑的说：“好主意！李——顺！”……

## 3

“哈哈！老莫！傻兄弟！你可来了！”赵子曰跳起来欢迎莫大年。

“老赵，老武，你们都好？”莫大年笑着和他们握手。

“好！老莫你可是发福了！”武端也笑着说。他现在对莫大年另有一番敬重的样子，大概他以为在银行作事的人，将来总有作阁员的希望。

“老赵，我来找你明天一块儿上西山，去不去？——”莫大年说着看了武端一眼：“老武也——”

“我正想上西山！”武端赶快的回答。他并不是忘了他们已定的过节计划，而是以为和在银行作事的人一块儿去逛可以增加一些将来谈话的材料。

“咱们三个？不够手哇！”赵子曰说。

“什么不够手？”莫大年问。

“三家正缺一门吗！”

“上山去打牌？”莫大年很惊异的问。

“这是老赵的新发明呢！”武端噗哧的一笑。

“等一等我告诉你，”赵子曰很高兴的说：“我先问你，喝汽水不喝？”

“不喝！叫李顺沏点茶吧！”莫大年回答：“李顺还在这儿吗？”

赵子曰叫李顺沏茶，李顺见了莫大年亲人似的行了一个礼，可惜没有他说话的份儿，他只好把茶沏来，看了莫大年几眼走出去。

“你看，老莫!”赵子曰接着说：“在山上找块平正的大石头，在大树底下，把毡子一铺，小牌一打。喝着莲花白，就着黑白桑椹大樱桃，嘿！真叫他妈的好!”

“我不能上山去打牌!”莫大年低声的说。

“我告诉你，小胖子!”赵子曰又想起一个主意来：“我想起来了：卧佛寺西院的小亭子上是个好地方。你看，小亭子上坐好，四围的老树把阳光遮住，树上的野鸟给咱们奏乐。把白板滑出溜的摸在手里，正摸在手里，远远的吹过来一阵花香，你说痛快不痛快?！小胖子，听你老大哥的话，再找上一个人一块儿去!”

“老莫可和欧阳说不来!”武端偷偷的向赵子曰嘀咕。

“我已约好老李，你知道老李不打牌?”莫大年看见武端和赵子曰嘀咕，心中想到不如把李景纯抬起来，把赵子曰的高兴拦回去。“咱们要是打牌，叫老李一个人出逛，岂不怪难堪的?!”

赵子曰没言语。

“对了！我想起来了，老赵!”武端向赵子曰挤了挤眼：“老路不是明天约咱们听夜戏吗？这么一说，咱们不能陪着老莫上山了!”

“对呀！我把这件事忘了，你看!”赵子曰觉得非常的精明，能把武端的暗示猜透。

…………

李景纯和莫大年第二天上了西山。

# 第十七

## 1

端阳节，一个旋风似的，又在酒肉麻雀中滚过去了。人们揉揉醉眼叹口气还是得各奔前程找饭吃。武端们于是牌酒之外又恢复了探听秘密。

“子曰！子曰！”武端夜间一点多钟回来，在第三号门外叫。

“老武吗？”赵子曰困眼朦胧的问：“我已经钻了被窝，有什么事明天早晨再说好不好？”

“子曰！秘密！”

“你等一等，就起！”赵子曰说着披上一件大衣光着脚下地给武端开门，回手把电灯捻开。

武端进去，张着嘴直喘，汗珠在脑门上挂着，脸色发绿。

“怎么了？老武！”赵子曰又上了床，用夹被子把脚盖上，用手支着脸蛋斜卧着。

“老赵！老赵！我们是秘密专家，今天掉在秘密里啦！”武端坐在一张椅子上，帽子也没顾得摘。

“到底怎一回事，这么大惊小怪的?!”赵子曰惊讶的问。

两眼一展一展的乱转像两颗流星似的。

“欧阳回来没有?”武端问，说着端起桌上的茶壶咕咚咕咚的灌了一气凉茶。

“大概没有，你叫他一声试试!”

“不用叫他！有他没我!”武端发狠的说。

“什么?”赵子曰噗的一声把被子踹开，坐起来。

“你看了《民报》没有，今天?”武端从衣袋里乱掏，半天，掏出半小张已团成一团儿的报纸，扔给赵子曰：“你自己念!”

“票友使黑钱，女权难展。夜戏不白唱，客串贪金。”赵子曰看了这个标题，心中已经打开了鼓。“……赵某暗使一百元，其友武某为会员之一，亦使钱五十元。呜呼！此之谓义务夜戏！……”赵子曰咽了一口凉气，因手的颤动，手中的那半篇报纸一个劲儿沙沙的响。

武端背着手，咬着嘴唇，呆呆的看着赵子曰。

“这真把我冤屈死！冤死!”赵子曰把报纸又搓成一个团扔在地上。“谁给我造这个谣言，我骂谁的祖宗!”

武端还是没言语，又抱着茶壶灌了一气凉茶。

“登报声明！我和那个造谣生事的打官司!”赵子曰光着脚跳着嚷。

“你跟谁打官司呀?”武端翻着白眼问：“欧阳弄的鬼!”

“老武！这可是名誉攸关的事，别再打哈哈!”赵子曰急切的说：“你知道欧阳比我知道的清楚，你想想他能作这个事?！他能卖咱们?!”

“不是他！是我!”武端冷笑了一声。

“凭据！得有凭据呀!”

“自然有！不打听明白了就说，对不起‘武秘密’三个大字！”

赵子曰又一屁股坐在床上，用手稀离糊涂的搓着大腿。武端从地上把那团报纸捡起来，翻来覆去的念。胃中的凉茶一阵一阵叽哩咕碌的乱响。

## 2

“哈哈！你们干什么玩儿哪?”欧阳天风开门进来，两片红脸蛋像两个小苹果似的向着他们笑。“老武！有什么新闻吗?”

武端头也没抬，依然念他的报。赵子曰揉了揉眼睛，冷气森森的说了句：“你回来了?”

欧阳天风转了转眼珠，笑吟吟的坐下。

赵子曰是不错眼珠的看着武端，武端是把眼睛死钉在报纸上，一声不言语。

武端把报纸往地上一摔，把拳头向自己膝上一捶。

赵子曰机灵的一下子站起来，遮住欧阳天风。

“老赵，不用遮着我，老武不打我！”欧阳天风笑着说：“事情得说不是，就是他打我，也得等我说明白了不是?!”

“不是共总一百五十块钱吗，”武端裂棱着眼睛说：“我打一百五十块钱的！”

“老武！老武！”赵子曰拍着武端的肩膀说：“你等他说呀！他说的没理，再打也不迟！欧阳你说！说！”

“老武！老赵！”欧阳天风亲热的叫着：“你们两个全是阔少爷，我姓欧阳的是个穷光蛋。吃你们，喝你们，花你们的钱不计其数。我一个谢字都没有说过，因为我心里感激你们是不能用言语传达出来的。如今呢，这一笔钱我使啦。你们知道我穷，你们知道我出于不得已。这一百多块钱在你们眼中不算一回事，可是到我穷小子的手里就有了大用处啦!”

“钱不算一回事，我们的名誉!”武端瞪着眼喊。

“是呀！名誉!”赵子曰重了一句，大概是为平武端的气。

“别急，等我说!”欧阳天风还是笑着，可是笑的不大好看了：“当咱们在名正大学的时候，我办过这样的事没有？老赵?”

“没有!”

“我们的交情不减于先前，为什么我现在这样办呢?”

“反正你自己明白!”武端说。

“哈哈！这里有一段苦心!”欧阳天风接着说，眼睛不住的溜着武端：“你们二位不是要作官吗？同时，你们二位不都是有名闹风潮的健将吗？以二位能闹风潮的资格去求作官，未免有点不合适吧？那么由闹风潮的好手一变而为政界的要人，其中似乎应当有个‘过板’；就是说：把学生的态度改了，往政客那条路上走；什么贪赃，受贿，阴险，机诈，凡是学生所指为该刨祖坟的事，全是往政界上走的秘宝！事实如此，这并不是我们有意作恶！比如说，老赵，有人往政界举荐你，而你的资格是闹风潮，讲正义，提倡爱国，你自己想想，你这辈子有补上缺的希望没有？反之，你在社会上有个机诈敢干，贪钱犯法的名誉，我恭贺你，老赵，你的官运算是亨通！卖瓜的吆喝瓜，卖枣儿的吆喝枣儿，同样，作学生的吆喝风潮，作官的吆喝卖国；你们自然明白这个，不必我多说。现在呢，你们的姓名登在报纸上了，你们的名誉算立下了；这叫作不用花钱的广告；这就是你们不再念书而要作官的表示！再说，就事实上说，我们给女权发展会尽义务筹款，我问问你们，钱到了她们手里干什么用？还不是开会买点心喂她们？还不是那群小姐们吃完点心坐在一块儿斗小心眼儿？那么，你们要是不反对供给她们点心吃，我看也就没有理由一定拦着我分润一些！她们吃着你们募来的钱，半个谢字不说；我使这么几块钱，和你们说一车好话，你们倒要恼我，甚至要打我，你们怎么这样爱她们而不跟我讲些宽宏大量呢！”

赵子曰的两片厚嘴唇一动一动要笑又不愿笑出来，点着头咂摸着欧阳天风的陈说。武端低着头，黄脸上已有笑意，可是依然板着不肯叫欧阳天风看出来。欧阳天风用两只一汪水的小眼睛看了看他们两个，小嘴一撇笑了一笑，接着说：

“还有一层，现在作义务事的，有几个不为自己占些便宜的？或者有，我不知道！人家可以这样作，作了还来个名利兼收，我们怎就不该作？我告诉你们，你们要是听我的指挥往下干，我管保说，不出十天半月你们的‘委任状’有到手的希望。你们要还是玩你们学生大爷的脾气，那只好作一辈子学生吧，我没办法！作官为什么？钱！赔钱作官呀？地道傻蛋！你们也许说，作官为名。好，钱就是名，名就是钱！卖国贼的名声不好哇，心里舒服呢，有钱！中国不要他，他上外国；中国女子不嫁他，他娶红毛老婆！名，钱，作官，便是伟人的‘三位一体’的宗教！——”

“哈哈！”赵子曰光着脚跳开了天魔舞。

“哼！”武端心中满赞同欧阳天风的意见，可是脸上不肯露出来。“哼！你猜——”

“老赵！还有酒没有?”欧阳天风问。

“屈心是儿子，这一瓶藏了一个多礼拜没动！来！喝！我的宝——喝!”

## 3

欧阳天风的人生哲学演讲的结果：武端把西服收起来换上华丝葛大褂，黄色皮鞋改为全盛斋的厚底宽双脸缎鞋。赵子曰除制了一件肥大官纱袍外，还买了一顶红结青纱瓜皮小帽。武端拿惯手杖，乍一放下手中空空的没有着落，欧阳天风给他出主意到烟袋斜街定做一根三尺来长的银锅斑竹大烟袋，以代手杖；沉重而伟大的烟袋锅，打个野狗什么的，或者比手杖更加厉害。如此改扮停妥，彼此相视一笑。欧阳天风点头咂嘴的赞美他们：

“有点派头啦!”

赵子曰在厕所里静坐，忽然想起一个新意思，赶快跑到武端屋里去：

“老武！又是一个新意思！从今天起，不准你再叫我‘老赵’，我也不叫你‘老武’！我叫你‘端翁’，你叫我‘子老’！你看这带官味儿不呢?”

“我早想到了!”其实武端是真佩服赵子曰的意思新颖：“好，就这么办！老赵，啵，子老！欧阳说今天他给咱们活动去，你也得卖卖力气钻钻哪！我告诉你有一条路可以走：你记得女权发展会的魏丽兰女士？——”

“一辈子忘不了！哪时想起来哪时恶心!”赵子曰不用闭

眼想，那位魏女士的丑容就一分不差的活现出来。

“别打哈哈！老赵，你猜怎么着，子老！”武端说着把大烟袋拿起来拧上一锅子老关东烟，把洋火划着倒插在烟锅上，因为他的胳臂太短，不如此是不容易把烟燃着的。“你知道她是谁的女儿不知道？”

“还出得去魏大、魏二？干脆，我不知道！”

“她是作过警厅总监魏大人的女儿！不然的话，女权发展会就会立得了案啦！”武端说到这里，两眼睁的像两盏小气死风灯，好像把天涯地角的一切藏着秘密的小黑窟窿全照得“透亮杯儿”似的。“那天你唱《八大锤》的时候，她直问我你是谁。你猜怎么着？我告诉她：这就是名冠全国学生界的铁牛赵子曰！她没说什么，可是她不错眼珠的看着你。你猜——”

“看我干吗？”赵子曰打了一个冷战。

“你有点不识抬举吧！”武端用大烟袋指着赵子曰说。

“往下说，端翁！我不再插嘴好不好？”赵子曰笑着说。

“我的意思是这么着：咱们俩全不是为钱，是为名誉，势力。魏女士既有意于你，你为何不‘就棍打腿’和她拉拢拉拢？我呢，有个舅父在市政局作事，我去求他。你去运动魏女士，她的父亲作过警察总监，还能在市政局没有熟人吗！如此，我们两下齐攻，你猜怎么着，就许成功！你进去呢往里拉我，我进去呢也忘不了你！万一欧阳运动有效，我们还许来一份兼差，是不是？子老！”

“可是有一样，”武端把烟袋放下，十二分恳切的说：“你要注意！你的言语，行动，可都得够派头！欧阳的话我越咂摸越有味：‘穿着运动衣去运动官，叫作自找没趣！’念书的目的就是作官，可是念书时候的行为是作官的障碍；今天放下书本，今天就算勾了一笔账；重开张，另打鼓，卖什么吆喝什么！你说是不是？所以无论到哪里，去见谁，先等别人开口，然后咱们随着人家的意见爬；千万别像当学生的时候那么固执己见！比如，人家骂学生一句，咱就骂十句；人家要拆学堂，咱就登时去找斧子；人家骂过激党是异端邪说，咱就说过激党该千刀万剐，五雷轰顶！这么办，行了，作官有望了！你猜——”

“端翁！”赵子曰笑得嘴也闭不上了：“你由欧阳的一片话，会悟出这么些个道理来，你算真聪明，我望尘莫及！可是有一样，叫我去拉拢魏女士，我真受不了！我小的时候，爸爸给我买个难看的小泥人，我还把它摔个粉碎；如今叫我整本大套的去和女怪交际，你想想，端翁，我老赵受得了受不了？!”

“王女士倒好看呢，你巴结得上吗？!”武端含着激讽的腔调说。

“说真的，王女士怎样了？端翁！欧阳那小子说给我介绍她，说了一百多回了，一回也没应验！”

“先别说这个！有了官有了势力，不就凭她吗，再比她好上万倍的，说‘要’马上就成功！不准再提这个事！计划你怎样去见魏女士！”武端的面容十分严厉，逼着赵子曰进行谋差事。

“这真是打着鸭子上树呀！”赵子曰摇着头说。

“这么办！”武端想了半天，然后说：“我先上女权会找她，然后你到会里去找我；我给你们俩介绍。介绍以后，子老，那可就全凭你的本事了。自然，胖子不是一口吃起来的，凡事要慢慢的来，可是头一见面就砸了锅，是不容易再锯起来呀！”

“好，你先走，我老赵明白，不用你嘱咐！”

武端忙着去洗脸，分头发，换衣裳。装束完了，又嘱咐赵子曰一顿，然后摇摇摆摆往外走。走到街门又回来了：

“我说老赵，子老！我又想起一件事来：你前者在天津认识的那个阎乃伯，可作了直隶省长，这也是一条路哇！”

“我早在报上看见了！”赵子曰回答：“可是只在他家教了三天半的书，他要记得我才怪；再说那个家伙不可靠！我说端翁！拿上你的大烟袋呀！”

“不拿！女权会里要不开大烟袋！回头见，你可千万去呀！你猜怎么着？——”

# 第十八

## 1

“赵先生！电话！”李顺挑着大拇指向赵子曰笑着说。

（李顺对于天台公寓的事，只有两件值得挑大拇指的：接电话和开电灯。）

“哪儿的？”赵子曰问。

“魏宅，先生！”

“喂！……啊？是的！是的！”赵子曰点着头，还笑着，好像跟谁脸对脸说话似的：“必去，是！……啊？好！回头见！”他直等耳机里咯噔咯噔响了一阵，又看了看耳机上的那块小黑炭，才笑着把它挂好。

他慌手忙脚的把衣冠穿戴好。已经走出屋门，又回去照了照镜子，正了正帽子，扯了扯领子，又往外走。

…………

去的慌促回来的快，赵子曰撇着大嘴往公寓走。

“老武！老武！”赵子曰进了公寓山嚷海叫的喊武端。

“先生！”李顺忙着跑过来说：“武先生和欧阳先生到后门大街去吃饭，留下话请先生回来找他们去。金来凤回回馆！”

“李顺！你少说话！我看你不顺眼！”赵子曰看见李顺，有了泄气的机会。

“嗻！”李顺晓得赵子曰的威风，小水鸡似的端着肩膀不敢再说话。

“叫厨房开饭！什么金来凤，银来凤，瞎扯！”赵子曰“光”的一声开开屋门进去。

“嗻！开平常的饭，是给先生另作？”李顺低声下气的问。

“瞧姓赵的配吃什么，瞧姓赵的吃得起什么，就作什么！别跟我碎嘴子，我告诉你，李顺，你可受不住我的拳头！”

“嗻！”

## 2

“老赵怎还不来呢？”武端对欧阳天风说。

两个人已经在金来凤等了四五十分钟。

“咱们要菜吧！”欧阳天风的肚子已经叽哩咕噜奏了半天乐。“老赵呀，哼！大概和魏女士——”说到这里，他看了武端一眼，把话又咽回去了。

“好，咱们要菜，”武端说着把跑堂的叫过来，点了三四样菜，然后对欧阳天风说：“他不能和她出去，他不爱她，她——太丑！”

“可是好看的谁又爱他呢！”欧阳天风似笑非笑的说。

“欧阳，我不明白你！”武端郑重的说：“你既知道好看的姑娘不爱他，可为什么一个劲儿给他拉拢王女士呢？”

“你要王女士不要，老武？”欧阳天风问。

“我不要!”

“完啦！老赵要！你如有心要她，我敢说句保险的话：王女士就是你姓武的老婆！明白了吧?”欧阳天风笑了笑，接着说：“我问你，你为什么给老赵介绍魏女士?”

武端点了点头，用手捏起一块咸菜放在嘴中，想了半天才说：“我再先问你一句，你可别多心，你和王女士到底有什么关系?”

跑堂的把两个凉碟端上来，欧阳天风抄起筷子夹起两片白鸡一齐放在嘴里，一面嚼着一面说：

“你先告诉我，我回来准一五一十的告诉你！要不然，先吃饭，吃完了再说好不好?”

“也好!”武端也把筷子拿起来。

热菜也跟着上来了。两个人低着头扒搂饭，都有一团不爱说的话，同时，都预备着一团要说的话。那团要说的话，两个人都知道说也没用。那团不爱说的话，两个人都知道不说是不行。于是两个嘴里嚼着饭，心里嚼着思想，设法要把那团要说的话说得像那团不爱说的话一样真切好听。这个看那个一眼，那个嘴里嚼着饭；那个看这个一眼，这个正夹起一块肥肉片，可是，这个夹肉片和那个的嚼饭，都似含着一些不可捉摸的秘密。两个的眼光有时触到一处，彼此慌忙在脸上挂上一层笑容，叫彼此觉得脸上的笑纹越深，两颗心离的越远。

欧阳天风先吃完了，站起来漱口，擦脸，慢慢的由小碟里挑了一块槟榔；平日虽然没有吃槟榔的习惯，可是现在放在嘴里嚼着确比闲着强。武端跟着也吃完，又吩咐跑堂的去把汤热一热，把牙签横三竖四的剔着牙缝。两个人彼此看了一眼：一个嚼槟榔，一个剔牙缝，又彼此笑了一笑。

汤热来了，武端一匙一匙的试着喝。本来天热没有喝热汤的必要，可是不这么支使跑堂的，觉得真僵的慌。他喝着汤偷偷看欧阳天风一眼，欧阳正双手叉腰看着墙上的英美烟公司的广告，嘴里哼唧着二簧。

“算账，伙计！”武端立起来摸着胸口，长而悠扬的打了两个饱嗝儿。“写上我的账，外打二毛！”

“怎么又写你的账呢？”欧阳天风回过头来笑着说。

“咱们谁和谁，还用让吗！”武端也笑了笑。“咱们回去看老赵回来了没有，好不好？”

“好！可是，咱们还没有说完咱们的事呢？”

“回公寓再说！”

## 3

两个人亲亲热热的并着肩膀，冷冷淡淡的心中盘算着，往公寓里走。到了公寓，不约而同的往第三号走。推开门一看：赵子曰正躺在床上哧呼大睡。

“醒醒！老赵！”欧阳天风过去拉赵子曰的腿。

“搅我睡觉，我可骂他！”赵子曰闭着眼嘟囔。

“你敢！把你拉下来，你信不信？”

“别理我，欧阳！谁要愿意活着，谁不是人！”赵子曰揉着眼睛说，好像个刚睡醒的小娃娃那样撒娇。

“怎么了，老赵？起来！”武端说。

“好老武，都是你！差点没出人命！”赵子曰无精失采的坐起来。

“怎么?”

“怎么？今天早晨我是没带着手枪，不然，我把那个老东西当时枪毙!”赵子曰怒气冲天发着狠的说。

“得！老武!”欧阳天风笑着说：“老赵又砸了锅啦!”

“我告诉你，欧阳！你要是气我，别说我可真急！谁砸锅呀?!”赵子曰确是真生气了，整副的黑脸全气得暗淡无光，好像个害病的印度人。

欧阳天风登时把笑脸卷起，一手托着腮坐在床上，郑重其事的皱上眉头。

“老赵!”武端挺起腰板很慷慨的说：“那条路绝了，不要紧，咱们不是还有别的路径哪吗！不必非拉着何仙姑叫舅母啊!”

赵子曰点了点头，没说什么。

武端心中老大的不自在，尤其是在欧阳天风面前，更觉得赵子曰的失败是极不堪的一件事。

欧阳天风心中痛快的了不得，嘴里却轻描淡写的安慰着赵子曰，眼睛绕着弯儿溜着武端。

“老赵！到底怎回事？说！咱姓武的有办法!”武端整着黄蛋脸，话向赵子曰说，眼睛可是瞧着欧阳天风。

“他妈的我赵子曰见人多了，就没有一个像魏老头子这么讨厌的!”赵子曰看武端挂了气，不好再说话了：“不用说别的，凭他那缕小山羊胡子就像汉奸!”

武端点了点头，欧阳天风微微的一笑。

赵子曰把小褂脱了，握着拳头说：

“你看，一见面，三句话没说，他摇着小干脑袋问我：‘阁下学过市政?’——”

“你怎么回答来着?”武端问。

“‘没有!’我说。他又接着说:‘没学过市政吗,可想入市政局作事!’——”

“好可恶的老梆子!”欧阳天风笑着说。

“说你的!老赵!”武端跟着狠狠唾一口唾沫。

“我可就说啦,‘市政局作事的不见得都明白市政。’你们猜他说什么:‘哼!不然,市政局还不会糟到这步天地呢!’我有心给他一茶碗,把老头子的花红脑子打出来!继而一想谁有工夫和半死的老‘薄儿脆’斗气呢!我也说的好:‘姓赵的并不指着市政局活着,咱不作事也不是没有饭吃!’我一面说一面往外走,那个老头子还把我送出来,我头也不回,把他个老东西僵在那块啦!”

…………

# 第十九

## 1

赵子曰和武端坐着说话，他说："欧阳上哪儿啦?"武端冷淡的回答："管他呢。"

赵子曰和欧阳天风坐着闲谈，他问："老武呢?"欧阳天风小嘴一裂："谁知道呢。"

赵子曰见着武端，武端在他耳根下说："我告诉你，你猜怎么着?欧阳要和王女士没有暗昧的事，我把脑袋输给你!"

赵子曰见着欧阳天风，欧阳拉着他的手亲热而微含恫吓的说："你要是再和魏丫头来往，别说我可拿刀子拼命!"

赶巧三个人遇在一块儿，其中必有一个——不是赵子曰——托词有事往外走的。弄得赵子曰心中迷离迷糊的只是难过，不知怎么办才好。想给他们往一处捏合吧，他们面上永远是彼此看着笑，并没有一点不和的破绽。不给他们说和吧，他们脸上的笑容好似两把小钢刀，不定哪一时凑巧了机会就刀刃上见点血。他立在两把刀的中间，是比谁也难过而且说不出道不出。

"老赵!"武端，乘着欧阳天风没在公寓里，跑过第三号来说：“走！请你吃饭！”

“嗽——”赵子曰说了半截又咽回去了。“好！上哪儿？”

“随你挑！朋友的交情是一来一往的，咱姓武的不能永远吃别人不还席，哈哈！”

赵子曰知道那个专吃别人不还席的是谁，心中比自己是白吃猴还难过，可是他勉强笑着说：

“东安楼吧！”

“好！东安楼！我说，我打算约上老李，李景纯，你想怎样？”武端脸上显出只许叫赵子曰答应，不准驳回的样子。

“好哇！老没见老李，怪想他的呢！”赵子曰心中一百多万不喜欢见李景纯，可是看着武端的样子，要不答应这个要求，武端许从衣袋中掏炸弹。“再说，反正你请客，客随主人约，是不是？”

武端跑到柜房打电话约李景纯，李景纯推辞不开，答应了在东安楼见面。

已是学校里放暑假的天气，太阳像添足了煤的大火炉把街上的尘土都烧得像火山喷出来的灰砂。路旁卖冰吉凌的，酸梅汤的，叮叮的敲着冰铲儿，叫人们听着越发觉得干燥口渴。小野狗们都躺在天棚底下，一动也不动的伸着舌头只管喘，可是拉洋车的和清道夫还在马路上活动，或者人们还不如小狗儿们的造化？清道夫们自自然然的一瓢一瓢往街心上洒水，洒得那么又细又匀；洒完就干，干了再洒，好像以半部《论语》治天下的人们念那半部《论语》似的那么百读不厌。

武、赵二人到了东安楼，李景纯已经在那里等了半天。

李景纯穿着一身河南绸的学生服，脚上一双白番布皮底鞋，叫赵、武二人心中一跳，好像看见诸葛亮穿洋服一样新异。

“咳喽！老李！真怪想你的了！”赵子曰和李景纯握了握手。

“好吗？老赵！我们还是在女权会见着的，又差不多三个月了！”李景纯说。

“可不是！”赵子曰听见“女权会”三个字，想起魏家父女，胃中直冒酸水。

“老武！”李景纯对武端说：“谢谢你！我可有些日子没吃饭馆了！”

“好！今天请你开斋！”武端说着不错眼珠的看着李景纯的白鞋和河南绸的学生服，看了半天，到底板不住问出来：“老李，你怎么也往维新里学呀？居然白鞋而河南绸其衣裤，这未免看着太洋气呀！”

“老武！”李景纯微微一笑：“你又想错了！你以为穿上洋服就是明白了西洋文化，穿着大袄便是保存国粹吗？大概不然吧！我以为衣食住既是生活的要素，就不能不想一想哪样是合适的，哪样是经济的。中国衣服不好，为什么？想！想完了而且真发现中服的缺点了，为什么不设法改良而一定非整本大套的穿西服不可！西服好，为什么？想！想完了而且真发现西服的好处了，为什么不先设法自己制作西服的材料而一定去买外国货！这不是文化不文化的问题，而是求身体安适与经济的问题！老武！别嫌我嘴碎，凡事，哪怕是一个尖针那么小，全要思想一番啊——”

“我说老武，咱们要菜吧！”赵子曰皱着眉恳求武端。

“好！老李，你吃什么？”武端问。

“不拘，你要菜，我就吃，我是不会要！可是千万别多要！”

“得！听我的！老赵！”武端向赵子曰说：“今天只准吃半斤酒，吃完饭我要和你明明白白的谈一谈。”

赵子曰因有李景纯在席，打不起精神和武端说笑，一声没言语。武端点了几样菜，真的只要了半斤酒。

酒喝完了，吃饭。饭吃完了，武端说了话：

“老赵！今天我特意把老李请来，叫他告诉告诉你欧阳的行为！大概你不至于不信任老李吧？”

“怎么啦？老武！”李景纯很惊异的问。

“不用问，老李！说说欧阳在公寓怎样欺侮你来着！”武端急切的说。

“过去的事提它干什么呢！”李景纯说。

“老李，我求你说！”武端的眼珠努出来一大块似的：“不然，老赵总看欧阳是他的好朋友，咱们不是！”

“我看谁都是好朋友！”赵子曰反抗着说。

“老武，你听着！”李景纯已猜透几分武端的心事，慢慢的说：“交朋友不必一定像比目鱼似的非成天黏在一块儿不可呀！情义相投呢，多见几面；意见不合呢，少往一处凑。亲热的时候呢，也别忘了互相规正；冷淡的时候呢，也不必彼此怨谤。欧阳那个人，据我看，是个年少无知的流氓，我不愿与他交朋友，我不屑与他惹气，我可也不愿意播扬他的劣迹。他欺侮我，没关系，我不理他就完了；他要真是作大恶事，我也许一声不言语杀了他，不是为私仇，是为社会除个害虫！我前者警告过老赵，他不信，现在——”

“是这么一回事！”武端不大满意李景纯的话，忙着插嘴说："我和老赵托魏女士向她父亲给我们介绍，谋个差事。老李你知道，我和老赵并不指着作官发财，是想有个事作比闲着强。有一天老赵见着魏老者，欧阳吃了醋，他硬说我有心破坏他与老赵的交情。后来我问他到底与王女士的关系，你猜怎么着，他倒打一耙问我：'你想老赵能顺着你的心意和魏女士结婚不能？'老李你看，这小子要得要不得！而且最叫我怀疑的是他与王女士的关系，其中必有秘密。"武端说完看着李景纯，李景纯不住的点头。赵子曰一声不发，只连三并四的嗑瓜子。

"老武！"李景纯镇静了半天才说："当你信任欧阳的时候，我要说他一句'不好'，你能打我一顿；现在你看出他的劣点来了，我要说他'好'，你能打我一顿！这一点，你与老赵同病。你们应当改，应当细想一想！老武你叫我说欧阳的坏处，我反说了你的欠缺，原谅我，我以为朋友到一处彼此规劝比讲究别人的短处强！我知道你必不满意我，可是我天性如此，不能改！——不能改！至于欧阳与王女士有什么关系，我真不知道！我只以为我们有许多比娶老婆要紧的事应当先去作。我不反对男女交际，我不反对提倡恋爱自由，可是我看国家衰弱到这步天地，设若国已不国，就是有情人成了眷属，也不过是一对会恋爱的亡国奴；难道因为我们明白恋爱，外国人，军阀们，就高抬贵手不残害我们了吗？老赵！老武！打起精神干些正经的，先别把这些小事故放在心里！老武，谢谢你！我走啦！"

李景纯拿起草帽和武、赵二人握了握手，轻快的走出去。

武端深深喘了一口气，赵子曰把胡琴从墙上摘下来，笑吟吟的吱妞着。

“先别拉胡琴！”武端劈手把胡琴抢过来扔在桌上。“老李这家伙真他妈的别扭！”

“有不别扭的！你又不爱！没事请丧门神吃饭，自己找病吗！”

## 2

“老赵！”欧阳天风乘着武端出去了，把赵子曰困在屋里审问：“你告诉我句痛快话，你到底有心娶王女士没有？你这个人哪，我真不好意思说，真哪，不懂香臭！那么丑的个魏丫头你也蜜饽饽似的亲着——”

“谁爱她，魏女士，谁是个孙子！”赵子曰急扯白脸的分辩：“我要利用她！现在呢我们又吹了灯，你没听见我说要枪毙那个魏老头子吗！我告诉你，你个小——不用和老大哥敲着撩着耍嘴皮子！说真的！”

“这像自己朋友的话啦！”欧阳天风似乎非被人叫作什么小——不欢喜，脸上又红扑扑的笑出一朵花儿来。“我告诉你，你打算利用魏丫头，叫作白费蜡！谁是你们的介绍人？老武！老武要是看出那条路顺当好走，他为什么不去，而叫你去？他要是明知道魏老头子不好斗而安心叫你去碰钉子，那怎算知己的朋友?！好，我不多说，反正现在你不信任我，我知道你爱老武——”

“你要是瞎说，我可捶你一顿！”赵子曰笑得一双狗眼挤成两道细缝，轻轻的打了欧阳天风的肉肉嘟嘟的小脊梁盖儿一下。

“得了老大哥！不说了！”欧阳天风笑着说：“说正经的！你到底对王女士怎么样？告诉我！你要知道：现在张教授是大发财源，我听说他那部新著作，一下子就卖了三千块！这是一。还有李瘦猴儿天天摽着她，一步不肯放松；瘦猴儿近来居然穿上白鞋，绸子学生服，也颇往漂亮里打扮，这是二。有这么两块臭胶黏着她，你要是不早下手，等别人把稠的捞了去，你可是白瞪眼！”

“我现在一心谋差事呢！”赵子曰说：“差事到手，再娶媳妇，不是更威风吗？”

“我也盼着你作官哪！”欧阳天风鼓着小蜜桃儿的嘴说：“你作了官，我不是也就跟着抖起来了吗！可是有一样，娶媳妇比作官更要紧！你看：当咱们在学校的时候，你说你念不下去书。为什么？短个知心的女友！男女之际，大欲存焉，这是上帝造人的一点秘密！不信，你今天娶了她，不几天的工夫就能找到事情作；因为心中一痛快，人得喜事精神爽，你才能鼓起精神去作事。照你现在这样无精少采的，半死不活的，而想去谋事，那叫老和尚看嫁妆，下辈子见吧！比如你去见政客伟人，一阵心血来潮，想起贵府上那位小粽子式脚儿的尊夫人；人家问东，你要不答西才怪！你能谋上差事才怪！我说的对不对？老赵！”

赵子曰闭上眼睛细细的回想：乍结婚时候的快乐，和这几年的抑郁牢骚，两相比较，千真万确正和欧阳天风的话一个样。欧阳的一片话恰好是他自己心中那部痛史的短峭精到的一篇引言。几年来所欲洒而未洒的眼泪，都被欧阳这几句点破，好像锋快的小刀切在熟透的西瓜上，红瓤黑子的迎刃而裂。官事的不成，学业的不就，烟酒的沉溺，金钱的糜费，全有了可以自恕的地方。心中不真乐，怎会不荒唐！心中不痛快，怎能念书，作官！他从前只以为疯着心要再婚是一种兽欲上的需要；现在他才明白，再婚是在兽欲而上的一种要求；如能把这一点要求满足了，成圣成贤，立铜像，竖硬盖大王八驮着的石碑，胥在斯矣！子曰：——赵子曰！曰——“婚而时结之，不亦乐乎！”

欧阳天风看着赵子曰深思默想，呆呆的不敢搅乱他。赵子曰一会儿点点头，一会儿张张嘴，比孙大圣过火焰山还奇幻。忽然他把手一拍，说：

“是这么着！欧阳你去办！老大哥决定了：先娶妻后作官！”

“老赵你真算聪明就完了，我佩服你！”欧阳天风笑着说：“三天之内，准保叫你见她一面！老赵！先给我十块钱，这回不说‘借’了！方便不方便？”

“拿去！老大哥有钱！”

# 第二十

## 1

“欧阳先生！”欧阳天风刚进天台公寓的大门，李顺大惊小怪的喊：“欧阳先生！可了不得啦！市政局下了什么‘坏人状’，武先生作了官啦！”

“委任状大概是？”欧阳天风心中一动，却还镇静着问：“他补的是什么官，知道不知道？”

“官大多了！什么‘见着就磕’的委员哪！”

“建筑科，是不是？”

“正对！就是！喝！武先生乐得直打蹦，赵先生也笑得把屋里的电灯罩儿打碎！乐了一阵，他们雇了一辆大汽车出前门去吃饭去了。”李顺指手画脚的说：“先生你看，武先生作了官，连我李顺也跟着乐得并不上嘴，本来吗，没有祖上的阴功能作——”

“他们上哪儿吃饭去了？”欧阳天风抢着问。

“上——什么楼来着！你看——”

“致美楼？”

“对！致美楼！”

欧阳天风把眼珠转了几转，自己噗哧一笑，并没进屋里去，又走出大门去了。出了公寓，雇了辆车到致美楼去。

“啊哈！老武——武大人！”欧阳天风跳进雅座去向武端作揖：“大喜！大喜！”

武端正和赵子曰疯了似的畅饮，忽然见欧阳天风闯进来，武端本想不招待他，继而心中转了念头，站起来还了个揖请他坐下。赵子曰一心的怕武端不理欧阳天风，忙着向欧阳打招呼；可是欧阳连看赵子曰也不看，把那团粉脸整个的递给武端。

“武大人，前几天我告诉你什么来着，应验了没有？嘍！穿上华丝葛大衫，拿上竹杆大烟袋，非作官不可吗！”欧阳天风说着自己从茶几上拿了一份匙箸，吃喝起来。

武端本想给欧阳天风个冷肩膀扛着，可是细一想：既然作了官，到底不应当多得罪人，知道哪一时用着谁呢。况且自己的志愿已达，何必再和欧阳斗闲气。于是把前嫌尽弃，说说笑笑的一点不露痕迹。

欧阳天风和武端说笑，不但不理赵子曰，而且有时候大睁白眼的硬顶他，赵子曰的怒气不从一处来，忽然把筷子往桌上一拍，立起来拿起大衫和帽子就往外走。

“怎么啦？老赵！”武端问。

“我回公寓，心中忽然一阵不合适！”赵子曰说着咚咚的走下楼去。

武端立起来要往外走，去拉赵子曰。欧阳天风轻轻拍了武端的肩膀一下，又递了个眼神，武端又莫明其妙的坐下了。

“老赵怎么啦？欧阳！”武端问。

“不用管他，我有法子治他！”欧阳天风笑着说：“我问你，老武，一件要紧的事！你是要娶魏女士吗？现在作了官，当然该进行婚事！”

“我和魏女士没关系，不过彼此认识就是了。”武端咬言咂字的说，颇带官僚的味道：“再说，我的差事并不是托她的人情！没关系！”

“那么，你看王女士怎样？”欧阳天风很恳切的问。

“你不是给老赵介绍她哪吗？”武端心中冷淡，面上笑着说。

“他说他又改了主意，不再娶了。所以我来问你，我早就有心这么办，你可别想我看你作了官巴结你！”欧阳天风又自己斟上一杯酒：“说真的，王女士的模样态度真不坏！”

“可是，我现在还没意思结婚，先把官事弄好再说！”武端笑着说。

这件事要是搁在委任状下来以前，武端登时就去找赵子曰告密。可是，现在作了官，心中总得往宽宏大量里去。前几天一心一意要知道欧阳天风与王女士的秘密，甚至和欧阳犯心闹气；现在呢，就是欧阳有心告诉他，他也不愿意听；因为作官的讲究混含不露，讲究探听政治上的隐情，哪还有工夫听男女学生的事情呢。武端认清了两条路：作学生的时候出锋头是嘴上的，越说得花梢，越显本事；作官的时候出锋头是心里的劲儿，越吞吐掩抑越见长处。

“那么你无意结婚？”欧阳天风钉了一句。

“没有！”

“也对！”欧阳天风又转了转眼珠：“作官本来是件要紧的事吗！我说，你给老赵也运动着吧？”

“正在进行，成功与否还不敢定！”

“我盼着你们两个都抖起来，我欧阳算有饭吃了！”

“自然！”

“老武！你回公寓吗？”

“不！还要去访几位同事的，晚上还要请客！”

“那么，咱们晚上公寓见吧！谢谢你，老武！”欧阳天风辞别了武端，慌着忙着回公寓。

## 2

“老赵！老赵！”

“谁呀？”赵子曰故意的问。

“我！”欧阳天风开开屋门进去。

“欧阳天风呀！还理咱这不作官的吗？”赵子曰本来在椅子坐着，反倒一头躺在床上。

“老赵！你可别这么着！”欧阳天风板着脸说：“我一切的行动全是为你好！”

“不理我，冰着我，也是为我好？嘻嘻！”

“那是！难道你不明白前几天我和老武犯心吗？现在他作了官，不用说，你得求他提拔你了。可是，设若他一想：咱们俩是好朋友，他因为恨我，就许也把你搁在脖子后头！我舍着脸去见他，并不是为我，我决不求他，为你！为你！你走后，你看我这个托付他，给你托付！为真朋友吗，舍脸？杀身也干！你姓赵的明白这个？”

“得！算你会说！小嘴儿叭哒叭哒小梆子似的！”赵子曰坐起来笑了。

“干吗会说呀，我真那么办来着！我问你，老武给你运动的怎样了?”

“他说只有文书科有个录事的缺，我告诉他不必给我活动，咱老赵穷死也不当二十块钱的小录事!”

“什么?你拒绝了他?你算行!姓赵的，你这辈子算作不上官了!”欧阳天风真的急了，一个劲摇头叹息。

“不作官就不作，反正不当小录事!”赵子曰坚决而自尊的说。

“比如你为我去当录事，把二十块钱给我，你去不去?”

“我给你二十块钱，不必去当录事!再说，我可以给你谋个录事，假如你有当录事的瘾!”

“我也得会写字呀，这不是打哈哈吗!也好，老赵，我佩服你的志愿远大!得!把这一篇揭开，该说些新鲜的了:后天，礼拜六，下午三点钟到青云茶楼上去见她!……”

## 3

青云阁商场所卖的国货，除了竹板包锡的小刀小枪，和血丝糊拉的鬼脸儿，要算茶楼中的“坐打二簧”为最纯粹。这种消遣，非是地道中国人决不会欣赏其中的滋味。所谓地道中国人者是:第一，要有个能容三壶龙井茶，十碟五香瓜子的胃;第二，要有一对铁作的耳膜。有了这两件，然后才能在卧椅上一躺，大锣正在耳底下当当的敲着“四起头”，唢呐狼嚎鬼叫的吹着“急急风”。

有些洋人信口乱道，把一切污浊的气味叫作“中国味儿”，管一切乱七八糟不干净的食品叫“中国杂碎”。其实这群洋人要细心检查检查中国人的身体构造，他们当时就得哑然自笑而钦佩中国人的身体构造是世界上最进化的，最完美的。因为中国人长着铁鼻子，天然的闻不见臭味；中国人长着铜胃，莫说干炸丸子，埋了一百二十多年的老松花蛋，就是肉片炒石头子也到胃里就化。同样，为叫洋人明白中国音乐与歌唱，最好把他们放在青云阁茶楼上；设若他们命不该绝，一时不致震死，他们至少也可以锻炼出一双铁耳朵来。他们有了铁耳朵之后，敢保他们不再说这大锣大鼓是野蛮音乐，而反恨他们以前的耳朵长的不对。

欧阳天风和赵子曰到了青云阁，找了一间雅座，等着王女士。“坐打二簧”已经开锣，当当当当敲得那么有板有眼的把脑子震得生疼。锣鼓打过三通，开场戏是《太师回朝》。那位太师的嗓音：粗而直像牛，宽而破像猪。牛吼猪叫声中，夹着几声干而脆的彩声，像狗。这一团牛猪狗的美，把赵子曰的戏瘾钩起来了。摇着头一面嗑瓜子一面哼唧着：“太师爷，回朝转……”

“我说，她可准来呀?”赵子曰唱完《回朝》，问：“上回在女权会你可把我骗了!”

“准来!”欧阳天风的脸上透着很不自然，虽然还是笑着。

两个人嗑着瓜子，喝着茶，又等了有半点多钟，赵子曰有些着急，欧阳天风心中更着急，可是嘴里不住的安慰赵子曰。

瓜子已经吃了三碟，王女士还是“不见到来”，赵子曰急得抓耳挠腮，欧阳天风的脸蛋也一阵阵的发红。

小白布帘一动，两个人“忽”的一声全立起来，跟着“忽”的一声又全坐下了。原来进来的是个四十多岁的仆人，穿着蓝布大衫，规规矩矩的手中拿着一封信。

“哪位姓赵呀？先生！”

“我！我！”

“有封信，王女士打发我送给先生！”那个人说着双手把信递给赵子曰：“先生有什么回话没有？”

欧阳天风没等赵子曰说话，笑着对那个人说：“你坐下，喝碗茶再走！”

“嗻！不渴！”

“你坐下！”欧阳天风非常和蔼的给那个人倒了一碗茶。“你从北大宿舍来吧？李先生打发你来的？”

那个人看了看欧阳天风，没有言语。

“说！不要紧！”欧阳天风还是笑着说：“我们和李先生是好朋友！”

“嗻！李先生嘱咐我，不叫我说。先生既是他的好朋友，我何必瞒着，是，是李先生叫我来的！”

“好！老赵！你给他几个钱叫他回去吧！回去对李先生说，信送到了，不必提我问你的话！”

赵子曰给了那个仆人四角钱，那个仆人深深的给他们行了一礼，慢慢的走出去。

赵子曰把信打开，欧阳天风还是笑着过来看：

“子曰先生：

你我素无怨嫌，何必迫我太甚！你信任欧阳天风，他是否好人？我不能去见你，你更没有强迫我的权利！你细细思想一回，或者你就明白了你的错处。设若你不思想，一味听欧阳的摆布，你知道：你我只都有一条命！

王灵石。”

赵子曰一声没言语，欧阳天风还是干笑，脸上却煞白煞白的了！

## 4

赵子曰直等看着欧阳天风脱衣睡了觉，他才回到自己屋中去。一个人坐了半天，盼着武端回来再说一会话儿，钟打了十二点，武端还没有回来。他丧胆失魂的上床去睡。已经脱了衣裳心中忽然一动，又披上大衫到南屋去看。走到南屋的阶下把耳朵贴在窗上听，没有声音。他轻轻推开门，摸着把电灯捻开，他心里凉了一半；床上并没有欧阳天风，可是大衫和帽子还在墙上挂着。他三步两步跑到厕所去看，没有！赵子曰可真着了急，跑回欧阳天风屋里坐在床上把前后的事实凑在一处想："他到底和她有什么关系？我怎么浑着心从前不问他！"拍，拍，打了自己两个嘴巴。"老李，老武全警告过我。对，还有老莫。我怎么那样粗心，不信他们的话！"拍，拍，又打了两个嘴巴，可是没有第一次的那么脆亮。"啊！"他跳起来了。"想起老莫，就想起她的住址来了。对！"他顾不得把电灯捻灭，也顾不得去穿上衣裤，只把大衫纽子扣好；光着眼子穿大衫，向大街上跑。跑到街上就喊洋车，好在天气暑热，车夫收车比较的晚了，他雇了一辆到张家胡同。

约摸着到了张家胡同中间，他叫车夫站住。他下了车回手一摸，坏了，只摸着了滑出溜的大腿，没带着钱。要叫车夫在这里等着，自己慢慢的去找王女士的门，车夫一定不放心。叫车夫拉到王女士的门口去，他又忘了她的门牌是多少号，登时叫车夫把他拉回公寓去，自己干什么来了？这一着急，身上出了一层黏汗。

“我说拉车的！”他转悠了半天，低声的说：“我忘了带钱！你在这里等一等，我上东边有点事，回头你把我拉回鼓楼后天台公寓，我多给你点钱，行不行？”

“什么公寓？”

“天台！”

“你是赵先生吧？天黑我看不清，先生！”拉车的说。

“是我姓赵！你是春二？”赵子曰如困在重围里得了一支救兵。“好，春二你在这里等着我！”

“没错儿，先生！”

赵子曰把春二留在胡同中间，他自己向东走，他只记得莫大年说王女士院中有株小树，而忘了门牌多少号。于是他在黑影里努着眼睛找小树。又坏了，路北路南的门儿里，有好几家有小树的，知道哪一株是莫大年所说的小树呢？他耐着性儿，慢慢擦着墙根，沿着门看门上的姓名牌；几家离着路灯近的，影影抄抄的看得见；几家在背灯影里，一片黑咕笼咚什么也看不见。他小老鼠似的爬来爬去，一阵阵的夜风从大衫中吹了个穿堂，他觉得身上皮肤有些发紧，他站在那里，进退两难的想主意；脑子的黑暗好像和天色的黑暗连成一片，一点主意没有。忽然腿肚子上针刺一疼，他机灵的一下子拔腿往西走；原来大花蚊子不管人们有什么急事，见着光腿就咬。

“春二！”他低声的叫。

“嗻！赵先生！上车您哪！”

赵子曰上了车，用大衫紧紧箍住腿。春二把车拉起来四六步儿的小跑着。

“我说先生，黑间半夜还出来?”春二问。

“哼!”

“先生看咱拉的在行不在行？才拉一个多礼拜！作买卖，哈，我告诉您——哪，所以的，哈，不进铜子！没法子，哈，拉吧！咳！哈！拉死算!”春二一边喘一边说。这种举动在洋车界的术语叫作“说山”。如遇上爱说话的坐车的，拉车的就可以和他一问一答的而跑得慢一些，而且因言语的感动，拉到了地方，还可以有多挣一两个铜子的希望。可是这种希望十回总九回不能达到，所以他们管这个叫“说山”，意思是：坐车的人们的心，和山上的石头一样硬。春二拉车的第三天，就遇上了一个大兵，他竟自把那个大兵说得直落泪。拉到了海甸，那个大兵因受了春二的感动，只赏了春二三皮带，并没多打。

赵子曰满心急火，先还哼儿哈儿的支应春二，后来爽得哼也不哼，哈也不哈了。可是春二依然百折不挠的说，越说越走得慢。

到了天台公寓，赵子曰跳下车来，告诉春二明天来拿钱。春二把车拉走，一边走一边自己叨唠：“敢情先生没穿裤子，在电灯底下才看出来，可是真凉快呀……”

赵子曰进了大门，往南屋看，屋里的灯还亮着呢。他拉开门看：欧阳天风穿着小褂呆呆的在椅子上坐着。桌子上放着一把明晃晃的小刺刀。他见赵子曰进来，吓了一跳似的，把那把刺刀收在抽屉里。两眼直着出神，牙咬得咯吱咯吱的响。

“我说，你到底是怎么回事?”赵子曰定了定神，问。

欧阳天风用袖子擦了擦脸，跟着一声冷笑，没有回答。

“说话！说话！”赵子曰过去用力的摇晃了欧阳天风的肩膀几下。

“没话可说！”欧阳天风立起来，鞋也没脱躺在床上。

“嘿！你真把我急死！说话！”

“告诉你呢，没话可说！她跑啦！跑啦！你要是看我是个人，子曰，睡你的觉去，不必再问！”

# 第二十一

## 1

第二天早晨起来，赵子曰到欧阳天风屋里去看，欧阳已经出去了。把他抽屉开开，喘了一口气，把心放下了，那把刺刀还在那里。他把它拿到自己屋中去，藏在床底下。

他洗了洗脸，把春二车钱交给李顺。到天成银行去找莫大年。

莫大年出门了。

赵子曰皱着眉头往回走，到公寓找武端。武端只顾说官场中的事，不说别的。

他回到自己屋中，躺在床上。眼前老有个影儿：欧阳天风咬着牙往抽屉里收刀！

自从赵子曰在去年下雪的那天，思想过一回，直到现在，脑子的运动总是不得机会。

刀！咬着牙的欧阳天风！给了赵子曰思想的机会！

赵子曰要是个宁舍命不舍女人的法国人，他无疑的是拿刀找李景纯！不，他是中国人！

他要是个一点人心没有的人，他应该帮助欧阳天风去行凶！不幸，他的激烈的行动都是被别人鼓惑的，他并没有安着心去作恶。捆校长，打教员，是为博别人的一笑，叫别人一伸大拇指，他并没有和人决斗的勇气！他也许真为作好事舍了命，可是他的环境是只许他为得一些虚荣而仿佛很勇敢似的干。

就是李景纯真夺了他的情人，他也不敢和李景纯去争斗。他始终怕李景纯，或者这个畏惧中含着一点“敬仰”的意思。就是他毫无敬畏李景纯的心，他到底觉得李景纯比他自己多着一些娶王女士的资格。他是结过婚的人，他自己知道！他的妻子离了他不能活着，他的家庭也不会允许他和她离婚，他自己也知道这个！

他爱欧阳天风并不和爱别人有多少差别，不过是欧阳天风比别人谄媚他，愚弄他多一些方法与花样就是了。

凡是能耍花样的就能支配赵子曰，这一点他自己觉不出来！

耍花样到了动刀杀人的地步，赵子曰傻了！他没有心杀人，可是欧阳天风的动刀和他有关系！他没办法！

他若是生在太平的时候，这些爱情的趣剧也本来是有滋味的。他可以不顾一切，只想达到“有情人成眷属”的含有喜气的目的。他的社会是一团乌烟瘴气，他的国家是个“破鼓万人捶”的那个大破鼓。这个事实不必细想他也能理会得到。他知道：明白恋爱的男女不会比别人少挨大兵的打，自由结婚的人们也不会受外国人的特别优遇！他应当牺牲一点个人的享福替社会上作点事，他应当把眼光放远一些，他应当把争一个女子的心去争回被军人们剥夺的民权。这些个话，李景纯告诉过他，现在他想起来了！

然而想起来好话和照着办与否是两件事！他的心挤在新

旧社会势力的中间：小脚儿媳妇确是怪可怜的，同时王女士是真可爱！个人幸福本当为社会国家牺牲了的，可是，自家管自家的事又是遗传的“生命享受论”！新的办法好，旧的规矩也不错，到底哪个真好，他看不清！穿西服也抖，穿肥袖华丝葛大衫也抖，为什么一定要“抖”？谁知道呢！

劝欧阳天风不要行凶，到底他和王女士有什么关系？找李景纯去求办法，李景纯又和她有什么关系？回家，不愿看那个小脚娘，也觉着没脸对父母！不回家，眼前就是白刀子进去红刀子出来的事！

朋友不少，李五可以告诉他怎样唱《黄金台》的倒板，武端可以教给他怎么请客，打牌。没有能告诉他现在该当怎办的。只有李景纯能告诉他，可是怎好找他去！

教育是没用的，因为教育是教人识字的，教育家是以教书挣饭吃的。赵子曰受过教育，可是没听过怎样立身处世，怎样对付一切。找老人去问，老人撅着胡子告诉他：“忠孝双全，才是好汉。”找新人去求教，新人物说：“穿上洋服充洋人！”

在这种新旧冲突的时期，光明之路不是闭着眼瞎混的人所能寻到的，不幸，赵子曰又是不大爱睁眼的人。

现在他确是睁着眼，可是哪能刚一睁眼就看明“三条大道走中间”的那条中路呢！

越想越没主意，不想眼前就是祸，赵子曰急得落了泪！

## 2

赵子曰老以为他自己是个重要人物。

现在，欧阳天风由天台公寓搬走了，连告诉赵子曰一声都没有！武端板着黄脸，县太爷似的一半闲谈，一半教训似的和赵子曰说东说西。找莫大年去，又怕他没工夫闲谈。找李景纯去，又怕他不招待。虽然李顺还是照旧的伏侍他，可是他由心中觉出自己的不重要了！

心里要是不痛快，响晴的天气也看成是黑暗的。连票友李五也不来了，其实赵子曰只有两天没请他吃饭。勉强着打几圈牌，更叫他生气，输钱倒是小事，手里握着一对白板就会碰不出来！他妈的……

到屋里看看那张苏裱的戏报子，也觉得惨淡无光。“赵子曰”三个大金字不似先前那么放光了！

## 3

欧阳天风搬走之后，赵子曰的眼睛掉在坑儿里，两片厚嘴唇撅得比平常长出许多。戏也不唱了，只抱着瓶子“灰色剂”对着“苏打水”喝，越喝越懊恼！

他又找了莫大年去。

“老赵！你怎么啦?”莫大年问。

“老莫！我对不起你!”赵子曰几乎要哭：“你在白云观告诉我的话，是真的!”

“你看，我哪能冤你呢!”

“老莫！我后悔了!”赵子曰把欧阳天风怎样半夜拿刀去找王女士的情形大概的说了一遍：“现在我怎么办?他要真杀了她，我于心何忍！他要是和李景纯打架，老李哪是欧阳的对手！老莫，你得告诉我好主意!”

“哼!”莫大年想了半天才说：“还是去找老李要主意，我就是佩服他!”

“难道他不恨我!”

“不能！老李不是那样的人！你要是不好意思找他去，我给他打电话叫他去找你。他听说你为难，一定愿意帮助你，你看好不好?”

“就这么办吧！老莫!”

# 第二十二

## 1

赵子曰正在屋里发愣，窗外叫："老赵！老赵！"

"啊！老李吧？进来！"

李景纯慢慢推开屋门进去。擦了擦头上的汗，然后和赵子曰握了握手。这一握手叫赵子曰心上刀刺的疼了一下！

"老李！"赵子曰低声的说："王女士怎样了？别再往坏处想我，我后悔了！"

"她现在十分安稳，没危险！"李景纯把大衫脱下来，慢慢的坐在一张小椅子上。"老赵，给我点凉水喝，天真热！"

"凉茶行不行——"

"也好！"

"我问你，欧阳找你去捣乱没有？"

李景纯把一碗凉茶喝净，笑了一笑："没有！他不敢！人们学着外国人爱女人，没学好外国人怎样尊敬女人，保护女人！欧阳敢找我去，我叫他看看怎样男人保护女人！老赵！我的手腕虽然很细，可是我敢拼命，欧阳没那个胆气！"

赵子曰低着头没言语。

"老赵！我找你来并不为说王女士的事，我来求你办一件事，你愿意干不愿意？”

“说吧！老李！我活了二十多岁还没办过正经事呢！”

“好！”李景纯身上的汗落下去了，又立起来把大衫穿上。“老赵，你听着，等我说完，你再说话。我是个急性子，愿意把话一气说完！”

“老李你说！”

“我现在有两件事要办，可是我自己不能兼顾，所以找你来叫你帮助我。我要求你作的事是关于老武的：我听得一个消息，老武和他的同事的勾串美国人，要把天坛拆毁，一切材料由美国人运到美国去，然后就那个地址给咱们盖一座洋楼，还找给市政局多少万块钱。老武这个人是：有人说胖子好看，他就立刻回家把他父亲的脸打肿；他决无意打他父亲，而是为叫他父亲的脸时兴好看。他只管出锋头而不看事情的内容。这次要拆天坛也是如此，他决不是为钱，是要在官场中显显他办事的能力。

“我想，我们国家衰弱到这样，只有这几根好看的翎毛——古迹——支撑着门面，我们不去设法保存修理，已经够可耻的了，还忍心破坏吗！为什么美国人要买那些东西，难道美国人懂得什么叫爱古迹，什么是‘美’，我们就不懂得吗？老赵你和老武不错，我愿意叫你劝劝他，他听了呢更好；不然呢，为国家保存体面起见，跟他动武也值得的。我不主张用武力，可是真遇上糊涂虫还非此不可！我决不是叫你上大街去卖嚷嚷，老赵，你听明白了！因为我们要是打着白旗上大街去示威，登时就有人说我们是受了英国人的贿赂，不愿把天坛卖给美国人，那么，天坛算是拆妥了！我的意思是：先去劝他；不听，杀！杀一个，别的人立刻打退堂鼓；中国的坏人什么也不怕，只怕死！为保存天坛杀了我们的朋友，讲不来，谁叫公私不能两全呢！

“你也许疑心：为什么因保存一个古迹至于流血杀人？老赵！这大有关系：一个民族总有一种历史的骄傲，这种骄傲便是民心团结的原动力；而伟大的古迹便是这种心的提醒者。我们的人民没有国家观念，所以英法联军烧了我们的圆明园，德国人搬走我们的天文台的仪器，我们毫不注意！这是何等的耻辱！试问这些事搁在外国，他们的人民能不能大睁白眼的看着？试问假如中国人把英国的古迹烧毁了，英国人民是不是要拼命？不必英国，大概世界上除了中国人没有第二个能忍受这种耻辱的！所以，现在我们为这件事，哪怕是流血，也得干！引起中国人的爱国心，提起中国人的自尊心，是今日最要紧的事！没有国家观念的人民和一片野草似的，看着绿汪汪的一片，可是打不出粮食来。

“现在只有两条道路可以走：一条是低着头去念书，念完书去到民间作一些事，慢慢的培养民气，一条是破命杀坏人。我是主张和平的，我也知道青年们轻于丧命是不经济的；可是遇到这种时代还不能不这样作！这两样事是该平行并进的，可是一个人不能兼顾，这是我最为难的地方，也就是今天替你为难的地方：我劝过你回家去种地，顺手在地方上作些事，教导教导我们那群无知无识的傻好乡民。可是，跟老武去拼命，也不算不值得，我不知道叫你作哪样去好！”

“老李！”赵子曰说：“我听你的！叫我回家，我登时就走！叫我去卖命，拿刀来！”

“这正是我为难的地方呢！”李景纯慢慢的说。

“我知道你不是个愿把别人牺牲了的人。”赵子曰想了半天才说："这么办：我自己挑一件去作，现在先不用告诉你。也许我今天就回了家，也许我明天丧了命。我回了家呢，我照着你告诉我的话去作些事；我丧了命呢，我于死的前一分钟决不抱怨你！"

"好吧！你自己想一想！自然，我还是希望你回家！"

李景纯立起来要往外走。

"等一等！老李！"赵子曰把李景纯拉住，问："你要办的是什么？你不是说有两件事我们分着作吗？"

"我的事，暂时不告诉你！再见！老赵！"

## 2

赵子曰等着武端直到天亮，武端还没回来。他在床上忍了一个盹儿，起来洗了洗脸到市政局去找武端。到了市政局门口，老远的看见武端坐着辆洋车来了。车夫把车放下，武端还依旧点着头打盹。

"先生，醒醒吧！到了！"车夫说。

"啊？"武端睁开两只发面包子似的眼睛，一溜歪斜的下了车。

武端正迷离迷糊的往外掏车钱，赵子曰对那个车夫说：

"再喊一辆，拉鼓楼后天台公寓！"

说完，他把武端推上车去，武端手里握着一把铜子又睡着了。……

到了天台公寓，赵子曰把武端拉到第三号去。武端一头躺在床上就睡，一句话也没说，赵子曰把屋门倒锁上，从床底下把欧阳天风的那把刺刀抽出来。

“醒醒！老武！”

“啊！六壶？我刚碰了白板！”武端眼也没睁，嘟囔着。

“你——醒——醒！”赵子曰堵着武端的耳朵喊。

武端勉强睁开了眼，赵子曰把刺刀在他眼前一晃，武端揉了揉眼，看见眼前是把刀，登时醒过来了。他的已经绿了的脸更绿了，好像在绿波中浮着一片绿树叶。

“怎回事？”武端说完连着打了三个哈欠。

“老武！朋友是朋友，事情是事情，我指着这把刀问你一句话：你是打算卖天坛吗？”

“是！”武端的嗓音都颤了：“并不是我一个人的主意！”

“我先找你，别人一个也跑不了！”赵子曰拍的一声把刀放在桌上。“反对这件事的理由很多，不必细说，你只想想美国人为什么要买就够了！你我是好朋友，我先劝告你，你答应我撤销前议，咱们是万事全休，一天云雾散！不然，老武，你看见这把刀没有？你杀我也好，我杀你也好，你看着办！”

武端看着赵子曰神色不正，不敢动，也不敢喊叫；他知道赵子曰的力气比他大，又加上自己一夜没睡觉，身上一点力量没有。他知道：要是一喊叫，救兵没到以前，自己的脖子和脑袋就许分了家！

“老赵！你许我说话不许？”武端想了半天大着胆子问。

“说你的！”赵子曰说着给武端一条湿手巾：“擦擦脸，醒明白了再说！”

“老赵，我问你三个问题！”武端用湿手巾擦了擦脸，真的精神多了：“是好朋友呢，回答我的问题！专凭武力不讲理呢，我干脆把脖子递给你！你猜——”

“说！我接着你的！”赵子曰冷笑了一声。

“第一，谁告诉你的这件事？”

“老李！”

“好！第二，除了为保存天坛，还有别的目的没有？是不是要——”

“指着卖古物占便宜，我骂他的祖宗！”

“也好！第三，我要是因撤销前议而被免了职，你担保给我找事吗？”

“我管不着！”

“那未免太不讲交情啊！”武端现在略壮起一些胆子来：“我一一解说这三个问题，你听着——”

“赵先生！电话！”李顺在门外说。

“谁？”

“莫先生！”

“告诉他等一会儿再打！”

“嗻！”

“说你的！老武！”

“第一，老李为什么告诉你，不告诉别人？”武端问：“他为什么现在告诉你，而以前没求你作过一回事？是不是他和王女士的关系已到成熟的程度，要挑拨你我以便借刀杀人？你杀了我，你也活不了；我杀了你，自然你不会再活；你死了，他不是就无拘无束的可以娶她吗？”

“王女士与我没关系，你这些猜测是没用，我听听你的第二！”

“好！你知道拆天坛改建什么不知道？”

“不知道！”

“盖老人院！把一座老废物改成慈善机关，大概没有人反对吧？你口口声声说保存古物，我问问你，设若遇上内乱，叫大兵把天坛炸个粉碎，大兵能负责再盖一座吗，或者改造一个老人院吗？你要是拦不住大兵的枪炮炸弹，我看也就没有理由来干涉我；况且我要作的是破坏古物，建设慈善事业！

“还是那句话，你若是要从中找些便宜，好！老赵！我姓武的满可以为力；比如说谋个修盖老人院的监工员，自要你明说，我一定可以替你谋得到！

“至于我自己，这是第三个问题，不为利，只为名，这个大概你明白！我办好这件事，外国人给市政局几十万块钱，局子里就可以垫补着放些个月的薪水；那就是说：由局长到听差的全得感念咱的好处。这么一办，一方面救不少穷作官的，一方面我自己树立些名声。我知道拆卖古物是不光荣的，可是在这种政府之下，为穷苦无告的老人设想，为穷作官的设想，还是一件地道的善事。你要责备我，最好先责备政府，政府要是有钱，难道作官的还非偷偷摸摸的卖古物不可？所以从各方面想，这件事我非作不可，不为钱，为名，为得较高的地位！有人拦着我不叫我作，好，给我找好与建筑科委员相等的事！不然，我不能随便打退堂鼓！”

赵子曰心里打开了鼓：李景纯的话有理，武端的话也不算没理。他呆呆的看着桌上那把刀，一声没言语。

“赵先生，电话，还是莫先生！”李顺在院内说：“莫先生说有要紧的事！”

赵子曰看了看武端，皱着眉走出去。

“喂！老莫！是……什么？……老李？……我就去！”

赵子曰把电话机挂好，脸上一点血色也没有了，跑到屋里，抓起帽子就往外跑。

“怎么啦？老赵！”武端问。

“老李被执法处拿去了！”赵子曰只说了这么一句，惊慌着跑出大门去。

## 3

“老莫！怎么样？”赵子曰急得直跺脚。

“我已疏通好，我们可以先去见老李一面，他现在在南苑军事执法处！”莫大年脸也是雪白，哆哩哆嗦的说：“快走！你身上没带着什么犯禁的东西呀？到那里要检查身体！一把小裁纸刀也不准带！”

“身上什么也没带！走！老莫！”

两个人跑到街上，雇了一辆摩托车向南苑去。坐在车里，一路谁也没说话。到了南苑司令部，莫大年去见一位军官。那个军官只许他们见李景纯五分钟。然后把赵子曰也叫进去，检查了身体，那个军官派了两名护兵把他们领到执法处的监牢去。

两个护兵一个是粗眉大眼的山东人，一个是扁脑勺，薄嘴唇的奉天人。两个人的身量全在六尺出头，横眉立目，有虎豹的凶恶，没有虎豹的尊严威美。腰中挂着手枪，背上十字插花的两串子弹，作贼作兵在他们心中没有分别，只要有手枪与子弹他们便有饱饭吃。

军营的监狱在司令部的南边。一溜矮房，围着土打的墙，墙外五步一岗的围着全身武装的大兵。新栽的小柳树，多半死少半活着的在土墙内外稀稀的展着几条绿枝。一个小铁门，门外立着一排兵：明晃晃的枪刺在日光下一闪一闪的，把那附近一带的地方都照得冷森森的，虽然天上挂着一轮暑天的太阳！

那一溜小矮房共有三十多间，每间也不过三尺长二尺宽。没有床铺，没有椅凳，什么也没有，只有大铁链上锁着个活人。四围的土墙离这列房子前后左右都有一丈来的：左边晒着马粪，右边是犯人每天出来一次大小便的地方。院中有苍蝇和屎蜣螂飞得嗡嗡的乱响，和屋中的锁链声连成一片世间仅有的悲曲！屋子里是湿松的土地，下雨的时候，墙角一群一群的长着小蘑菇。四面没有窗子，前面只有一扇铁门，白天开着，夜间锁上：屋里的犯人时常有不等再开门，就在铁门后与世长辞了！四围的粪味和屋中的奇臭，除了抵抗力强于牛马的，很少有能在那里活上十天半月的！门外的兵们成年的在那里立着，他们不怕，因为他们的身体构造是和野兽一样的。

到了监狱，两个兵把他们领到李景纯那里。李景纯只穿着一身裤褂，小褂的肩部已撕碎，印着一片片的血迹，两只细腕上锁着手镯，两条瘦腿上绊着脚镣，脸上青肿了好几块，倚着墙低着头站着。

那个奉天兵过去踢了铁门两脚：“妈的，有人看你来了！”李景纯慢慢抬起头来往外看。看见赵子曰们，他又把头低下去了。

赵子曰，莫大年的眼泪全落下来了。

“有话快说！”两个兵一齐向他们说。

莫大年掏出两张五块钱的票子塞在两个兵的手中，两个兵彼此看了一眼，向后退了十几步。

“谢谢你们！老赵！老莫！”李景纯低着头看着手上的铁镯慢慢的说：“这是咱们末次见面了！”

“老李！到底为什么？”赵子曰问。

“一言难尽！时间大概也不容我细说！”

莫大年摸了摸衣袋中的钱包，又看了那两个大兵一眼，对李景纯说：“快说！老李！”

“我有把手枪，是四年前我在家中由一个逃兵手里买的，还有几个枪弹。”李景纯往前挪了两步，低声的说：“是为我自杀用的！因为那时候我的厌世思想正盛。后来我改了心，我以为人间最不光荣的事是自杀；所以那把枪成了暗杀的利器了，自杀与暗杀全不是经济的，可是因时事的刺激，叫我的感情胜过了理智；无论怎么说吧，暗杀比自杀强，因为我要杀的人是人民的公敌，我不后悔，这样丧命比自杀多少强一点！”

莫大年不忍的看李景纯，把头斜着向旁边看。和李景纯紧临的房子内，一个囚犯正依着铁门咬着牙用腕上的铁链往下刷腿上被军棍打伤的脓血，铁链一动随着大绿豆蝇嗡的往起一飞。莫大年把头又回过来了。

“老赵，你还记得在女权会遇见的那个贺金山！他的父亲是，在那个时候，大名镇守使。他和欧阳天风是赌场妓院的密友。他的父亲，贺占元，现在奉命作京畿守卫司令。贺占元在大名的时候，屈死在他手里的人不计其数。现在他到北京就职，他要大施威吓，除在通衢要巷枪毙几个未犯死罪的囚犯外，还要杀一两个较有名声的人以压制一切民众运动。欧阳天风既和贺金山相好，所以他指名叫贺金山告诉他父亲杀张教授。你们当然猜得到，他为什么这样办。

“我从王女士那里得来这个消息，因为前几天欧阳天风喝醉了威吓她，说漏了嘴。我呢，并不是为张教授卖命，因为我们没有十分亲密的关系；我是为民间除害！老赵！我昨天找你去的时候，我的主意已决定，可是我没告诉你；作这种事是不能不严守秘密的。今天早晨我在永定门外等着他，嗐！没打死他！详细的情形，你们等看报纸吧，不必细说，我自恨没有成功，我什么也不后悔，只后悔我只顾念书而把身体的锻炼轻忽了；设若我身体强，跑动得快，我也许成功了！嗐！完了！——”

“你放心，老李！我们当然设法救你！”莫大年含着泪说。

“不必！老莫！老赵！假若你们真爱我，千万不必救我！所谓营救者，不出两途：一，鼓动风潮，多死些个人，为我而死些人，我死不瞑目；二，花钱贿赂，我没打死他，人民的公敌，反拿钱去运动他，叫他发一笔财，我愿意死，不忍看这个！——”

那两个大兵又走过来了，莫大年偷偷的把钱包递给他们，他们又退回去了。李景纯叹了一口气，看了莫大年一眼。然后接着说：

“我常说：救国有两条道，一是救民，一是杀军阀；——是杀！我根本不承认军阀们是‘人’，所以不必讲人道！现在是人民活着还是军阀们活着的问题，和平，人道，只是最好听的文学上的标题，不是真看清社会状况有志革命的实话！救民才是人道，那么杀军阀便是救民！军阀就是虎狼，是毒虫，我不能和野兽毒虫讲人道！

“黑暗时代到了！没有黑暗怎能得到曙光！

“老莫！老赵！你们好好的去作事，去教导人民，你们的工作比我的难，比我的效果大！我只是舍了命，你们是要含着泪像寡妇守节受苦往起抚养幼子一样困难！不用管我，去作你们的事！

“只有两件事求你们：到宿舍收拾我的东西送回家去；和帮助我的母亲——”李景纯哭了，“你们看着办，能怎样帮助她就怎样办！她手里有些钱，不多！我只求你们这两件事，老赵，老莫，你们走吧！”

莫大年两眼直着，说不出来话，也舍不得走。赵子曰跺了跺脚，隔着铁栏拉住李景纯上着手镯的手：“老李！再见！”说完，他扯着莫大年往外走。

走到监狱外面，赵子曰咬着牙说：

“老莫！你去办你的，我办我的，快办！不用听老李的！非运动不可！你另雇车，我坐这辆车去赶天津的快车，有什么消息给我往天津神易大学打电！”

## 4

“老李！我尽我的力量给你办，成功与否我不敢说！”武端对李景纯说：“不幸失败了，你一定死；那么，我今天在你未死以前求你饶恕我以前的过错！我总以为我聪明，强干，有见识，其实我是个糊涂虫！我不是不知道什么是好，什么是歹；可是我嘴里永远不说好的，只说歹的；因为说着好听，招笑！我心里明镜似的知道你是好人，老李，可是今天早晨我还故意的告诉老赵：你和王女士有秘密！老李！你饶恕我不？原谅我不？我是混蛋！我以为我多知，多懂，多知秘密；其实我什么也不明白，甚至于不知道我自己到底在哪儿立着呢，到底我是干什么的！老李，我后悔了！你的光明磊落把我心中的黑影照亮了！你要是不幸死了，在你死的以前别再想我是个坏人！我知道你决不计较我，可是我更进一步希望你在死前承认我是个有起色的朋友——”

“一定！”李景纯点了点头。

“拆卖天坛的事，老李你放心吧，我决不再进行。不但如此，我还要辞职，往回力争。至于我将来的事业，还没有一定的计划。老李，我向来没和你说过知心的话，今天你不能不教训我了，假如你承认我是个朋友！你说我该作什么？”

“老武！我谢谢你！”李景纯低着头说：“以往的事不必再说，你的错处吧，我的不好吧，全是过去的，何必再提！现在呢，我求你千万不必为我去运动，也不必再来看我，设若我还可以再活几天。因为：我们能互相了解，不见面也是真朋友，生死不能变动的；我们不能互相了解，天天见面又有什么用；况且，你来看我一次总要给兵们几个钱，我真不爱看你这么作！

“你的将来，我只能告诉你：潜心去求学！比如你爱学市政，好，赶快去预备外国文，然后到外国去学；因为这种知识不是在五经四书里所能找出来的，也不是只念几本书所能明白的。到外国去看，去研究，然后才能切实的明白。学好以后，不愁没有用处；因为中国的将来是一定往建设上走的，专门的人才是必需的。自然，也许中国在五千年后还是拿着《易经》讲科学，照着八卦修铁路；可是我们不应这样想，应当及早预备真学问，应当盼着将来的政府是给专门人才作事的机关，不是你作官拿薪水为职业的养老院。几时在财政部作事的明白什么是财政，在市政局的明白市政，几时中国才有希望；要老是会作八股的理财，会讲《春秋》的管市政，我简直的说：就是菩萨，玉皇，耶稣，穆哈莫德，联盟来保佑中国，中国也好不了！

“老武！快去预备，好好的预备！不必管我，我甘心一死！我最自恨的是我把几年工夫费在哲学上，没用！设若我学了财政，法律，商业，或是别的实用科学，我也许有所建树，不这么轻于丧命！我恨自己，不是后悔，我愿意死了！

“至于我和王女士的事，老武，你去到我宿舍的床底下找，有两封她的信，你和老赵们看看就明白了。这本来不是件要紧的事，可是临死的人脑子特别细致，把生前一切的事要想一个过儿，所以我也愿意你们明白我与她的关系。完了！老武！再见！”

# 第二十三

## 1

“你能同我去找阎乃伯不能?”这是赵子曰见着周少濂的第一句话。

“他作了省长还肯见我!”周少濂提着小尖嗓说。

“你不去?现在可是人命关天!”

“我不去!去了好几回了,全叫看门的给拦回来了!再说,到底有什么事?”

“老李被执法处拿去了,性命不保!这你还不帮着运动运动吗?!”

“是吗?”周少濂也吓愣了,愣了一会儿,诗兴又发了:“我不去,我得先作挽诗,万一老李死了,我的诗作不得,岂不是我的罪恶!”他说着落下泪来!

周少濂是真动了心,觉得只有赶快作挽诗可以减少一点悲痛!诗一作成,天大的事也和没事一个样子了!

“没工夫和你说!你不去,我自己去!”赵子曰说完就往外跑。

到了阎乃伯的宅子,赵子曰跳上台阶就往里闯。

“咳!找谁?”门前的卫兵瞪着眼问。

“我前者是你们府上的教师，我要见见你们上司！”赵子曰回答。

“省长进京了，去给新任贺司令贺喜去了！”

“嘿！”赵子曰急得干跺脚，想了半天才说：“我见见你们太太成不成？”

“我们太太病了！”

“我非见不可！我是你们少爷的老师，你能不叫我见吗?!”赵子曰说着就往里走。

“你站住！我们少爷死啦！”那个卫兵把赵子曰拦住。

“我非见你们太太不可！”赵子曰急扯白脸的说。

“好！我给你回禀一声去，你等着！”那个卫兵向赵子曰恶意的笑了一笑。

那个卫兵不慌不忙的往里走，赵子曰背着手来回打转，心里想：见了她比见他还许强，妇女们心软，好说话。正在乱想，那个卫兵回来了，说：

“我们太太是真病了！不过你一定要见，我也没法子。你见了她，她要是——你可别怨我！”

赵子曰一声没言语，随着卫兵往里走。走到书房的跨院，阎太太正在院里立着。她穿着一件夏布大衫，可是足下穿着一双大红绣花的棉鞋，呆呆的看着院中那盆开得正盛的粉夹竹桃。书房的门口站着两个十七八岁的丫头，见赵子曰进来，两个交头接耳的直嘀咕。

“这是我们的太太！”那个卫兵指给赵子曰，然后慢慢的走出去。

“阎太太！”赵子曰过去向她行了一礼。

“你来了？我的宝贝！啊，我的宝——贝！”阎太太看着赵子曰连连的点头，好像小鸡喝水似的。直愣愣的看了半天，她忽然狂笑起来，笑得那么钻脑子的难听。笑了一阵，她向前走了两步，说：

“啊！你不是我的宝贝呀！好！我念得你，你阎乃伯！阎——乃——伯！——你就是赔我的儿子！你把我儿子害了，你！”她的声音越来越高，脸上越来越难看。赵子曰往后退了几步，她一个劲往前赶。“好！你！你成天叫我儿子念书，念死啦！念死啦！你还娶姨太太，你！你就是赔我的儿子！哎——哟——我的宝贝哟！”她坐在地上放声痛哭起来。两个丫头跑过来把她扶起来。赵子曰一语未发往外走。

“我不冤你吧？”那个卫兵向赵子曰一笑。

赵子曰顾不得和卫兵惹气，低着头走出去；一边走一边想：还是得找周少濂去。因为他想：他自己回京去见阎乃伯，一定见不到；周少濂到底和阎乃伯有关系，所以还是求周少濂帮助他较着妥当。……

“怎样？老赵！”周少濂笑着问。

“不用说！少濂，你要是可怜我，先给我弄碗茶喝！我从早晨到现在水米没打牙！”

周少濂看赵子曰的脸色那么难看，不敢再说笑话，忙着去给他沏茶。茶沏好，他由床底下的筐篮中掏了半天，掏出几块已经长了绿毛的饼干，递给赵子曰。

“我吃不下东西去，少濂！给我一碗茶吧！”赵子曰坐在床上皱着眉说。

“子曰！你是怎么一回事？这么大惊小怪的！”

赵子曰一面吃茶，一面略略的把李景纯的事说了一遍，然后说：

“少濂！你一定得随我进京！哪怕我管你叫太爷呢，你得跟我走！”

“子曰！”周少濂郑重的说：“现在已经天黑了，就是赶上火车，到京也得半夜，也办不了事。不如你休息休息，我们赶夜间三点钟的车，一清早到京，不是正好办事吗？”

“不！这就走！”赵子曰的心中像包着一团火似的说：“事情千变万化，早到京一刻是一刻！我急于听北京的消息！”

“我是为你好，子曰！你在这里睡个觉，明天好办事呀！你要打听消息，去打个电话不就行了吗！”

赵子曰心中稍微活动了一点，身上也真觉得疲乏了，于是要求周少濂领他到电话室去。他先给莫大年打电，莫大年没在家。又想给武端打电，又怕武端不可靠；可是除了武端还没有地方可以得些消息，他为难了半天，结果叫了天台公寓的号头。电线接好，武端说：莫大年奔走了几处，很有希望，大概可以办到把李景纯移交法厅。他自己也正在运动，可是没有什么效果。最后武端说：“你明天一早能回来，就不必夜里往回赶了，现在老李很安稳。”

赵子曰心中舒展了一些，慢慢的走到宿舍去。周少濂忙着出去买点心。点心买来，赵子曰吃了一两块，又喝了一壶茶。周少濂七手八脚的把自己的床匀给赵子曰，他自己在地上乱七八糟的铺了些东西预备睡觉，其实还不到十点钟。他一个劲儿催着赵子曰睡，赵子曰是无论如何睡不着。

“老周，你能去借个闹钟不能？”赵子曰问：“我怕睡熟了醒不了！”

“没错！老赵！我的脑子比闹钟还准，说什么时候醒，到时准醒！睡你的！睡呀！”周少濂躺在地上，不留神看好像一条小狗，歪不横愣的卧着。

“睡不着！老周，把窗户开开，太闷得慌！”

周少濂立起来把窗子开开一扇，跟着又悄悄的关上了，因为他最怕受夜寒。可是赵子曰听见窗子开开，深深在床上吸了一口气觉得空气非常的新鲜，满意了。

## 2

武端坐在屋里拿着《真理晚报》看：

“大暗杀案之经过：

“今早八时京畿守卫司令兼第二百七十一师师长贺占元将军由南苑师部乘汽车入城，同行者有刘德山营长，宋福才参谋。车至永定门外张家屯附近，突有奸人李景纯（系受过激党指使）向汽车连放数枪。刘营长左臂受伤甚重，贺司令与宋参谋幸获安全。汽车左右侍立卫兵奋勇前进，当将刺客捉获，解至师部军法处严讯。

“本报特派专员到师部访问，蒙贺司令派宋参谋接见。宋参谋身着军衣，面貌魁梧，言谈爽利，虽甫脱大险而谈论风生，毫无惊惧之色．真儒将也！本报记者与宋参谋谈话约有十分钟之久，兹将谈话经过依实详载如下：

“问：贺司令事前有无所闻？

“答：妈的，没有！

“问：所乘汽车是否军用的？

“答：不是，贺司令自己的！

“问：行至何处听见枪声？

“答：大概离火车道不远。

“问：同行者？

“答：俺们三个：贺司令，刘营长，和我，还有他妈的几位弟兄。

“问：车中情形？

“答：司令和咱爬在车内，刘营长没留神吃了一个黑枣。

“问：怎样捉住刺客？

“答：四个弟兄一齐下去把那小子捉住。

“问：刺客是否与贺司令有私仇？

“答：没有，那小子是过激党！

“问：怎样惩办他？

“答：妈的，千刀万剐！

（说至此，宋参谋怒形于色，目光如炬！）

“问：贺司令对过激党有无除灭方法？

“答：有！杀！

“谈话至此，本报记者向宋参谋致谢告辞。临行之时，宋参谋叮咛嘱告本报记者：将经过事实依实登载，以使过激党人闻之丧胆。并云：贺司令治军有年，爱民如子。（前在大名镇守使任内，曾经绅商赠匾一方，题曰：民之父母。）不惜性命誓与奸人狗党一决死战。

“本报记者敬聆之下，极为满意！旋要求至监狱一视刺客。蒙宋参谋格外优遇允准，并派卫兵二名护送至狱。

“刺客姓李名景纯，直隶正定府人。身体短悍，面貌凶恶。手脚系以铁锁，依然口出狂言，侮蔑政府。本报记者试与彼谈话，彼昂然不对，唯连呼‘赤党万岁’而已。本报记者以彼凶顽不灵，不屑多费口舌，即摄取像片一张，退出监牢。卫兵导出师部，并向本报记者行举手礼云。

“本报记者因不能与刺客谈话，旋即各方面搜集事实，以飨读者：

‘李景纯前肄业名正大学，专以鼓动风潮为事。前次之殴打校长，即彼主使。

‘名正大学解散后，彼入京师大学。与同党数人受过激党津贴每月百二十元，并领有手枪子弹，以谋刺杀要人，破坏治安。’

…………

“贺司令镇静异常，照旧办公，并闻已定有剪扫奸党办法。

“今日午时有商会代表特送绍酒一坛，肥羊四只，到师部为贺司令压惊，颇蒙贺司令优遇招待云。”

…………

## 3

赵子曰要求周少濂一同进京去见阎乃伯。周少濂是非作完诗不能作别的事，而作成一首诗又不是一两天所能办到的。于是赵子曰一个人回北京。

“怎样了？老武！”赵子曰一进大门就喊。

“没消息！刚才老莫打电说：他又到南苑去，叫咱们等他的信！”说着，两个人全进了第三号。“老赵！这里有两封信，老李叫你看！”武端递给赵子曰几张并没有信封的信。

“景纯学兄：

“你对我的爱护，我似乎不应当说，其实也真说不出来！二年来经你的指导，学问上的增进，我很自傲的说，我不辜负你的一片诚心训诲；对于身体上，我的笔尖和眼珠一齐现在往纸上落：设若没有你和张教授，我不知道又沦落到什么地步去了！

我见着你的时候，不如我坐定了想你的时候感激你的深切；因为见着你的时候，你的言语态度，叫我把‘谢你’两个字在嘴中嚼烂了也说不出来；可是我坐定想你的时候，我脑中现出一个上帝的影儿，我可以叫着你的名字感谢你！

“当我生下来的时候，我吸了世上的第一口气，我就哭了，这或者是生命的悲剧的开场锣吧？我五岁的时候，我明明白白又哭了几场，哭我的父母！以后我不哭了，不是没有不哭的事，是没有哭的胆量，一个孤女在别人家抚养着，我敢哭吗？现在我又哭了，哭你和张教授，因为你们对我的爱护，不是泛泛一笑所能表出我的感激的！

“你知道我现在的苦境，可是我一向没告诉过你我的过去的惨剧。不是我要瞒着你，是我怕你替我落泪；泪是值得为好朋友落的，可是我愿看你笑，不愿看你用哭把笑的时间占了去，生命是多么短的，还忍得见面的时候不多笑一笑吗！现在我不能不告诉你了，因为前天你问我，我再不说未免显着我的心太狠似的。前天我本来可以当面告诉你，可是我又想说的不如写的详细，所以我现在写这封信。盼望你看这封信的时候，同时也念我的心，或者这张印着泪痕的纸，和我哭着对面和你说话一样真切。

“我说不出来我的心情，我写事实吧：

“我从父母死后，和我的叔父同居，在上海。叔父的爱我出于至诚，这就是我不敢再哭的原因。叔父无时无刻不疼怜我，我无时无刻不挂着笑容讨叔父的欢心；叔父与侄女的爱情是真的，可是与父母子女间的爱情差着那么一点：不敢彼此对着面哭。更可痛心的：自从我作错了事以后，我的叔父没有像父母原谅子女的心，在我痛悔悲哀之际，没有一个亲人来摸一摸我的头发，或拭一拭我的泪！我自己的错！可是我希望叔父爱我，甚至溺爱我！这一点希望永没有达到，不是叔父心硬，是我自己不好；叔父爱我，不能溺爱我！我每月给叔父写一封信，没有回信！我还是写，永远写，他的怒恼是应该的，是近于人情的。我只盼望落在信纸上的泪和他的泪亲个吻，不敢奢望！不幸，他越看我的信而越发怒……嗐！我只好不用这么想吧！他总有饶恕我的一日，我老这么盼着，直到我死！

“我的错事是在上海作的，那时候我正在中学念书，我不用说是谁的发动，凡男女的事，除了强占外，很少有不是双方凑合的。那么，我要是把这个罪过全推在别人头上去，我于作错了事之外，还又添上几分诬人之罪。我作错了，我只怨自己年少无知，我没有一丝一毫的陈腐道德观念在脑中萦绕着；可是我的叔父与我说了末次的‘再见！’他是个老人，我不怪他！设若我的情人能保持着我们甘心冒险的态度，和天长地久的誓愿，我敢说：不但我与他谁也不错，而且我们还要快乐的永久在一块儿。谁知道我的命就这么苦，我的眼睛就这么瞎，把一个流氓认成可以托以终身的人。至于在没看清他以前．就把身体给了他！我不以这个为羞耻，假如我认明白了他；不幸，我看错了，先把失贞丧节的话放在旁边，从事实上想，我当怎样活着！他不可靠，叔父不要我，叫我一个孤女怎么着！设若哭就能哭出一条活路来，那么我就哭那条生路，决不哭我的过错；因为我根本不承认那是道德上的堕落，就没有什么旧道德观念环绕着我的泪腺！

“在我认识他的时候，嗐！我说出他的姓名来吧：他是欧阳天风！他就是那么好看；我只看明白了他的俊俏的面貌，可怜，没看清他那不俊俏的心！他那时候在大学预科念书，是由张教授（那时候张在中学当教员）补助他的学费。张教授是他的一个远亲。当我们同住的时候，张教授一点怒气没发，还依旧的供给他。不但供给他，也帮助我，好像我丢了一个叔父，又找着了一个父亲。他用张教授的钱去嫖去赌去喝酒，而且反恨张教授给他的钱不够用。于是我去见张教授说明我的懊悔，请他设法援助我。张教授始而劝告他，无效！继而断绝了他的补助，而专供给我。他，于是，开始恨张教授了！好心帮助人是要招恨的，我为人类叹息一声！他对张教授无可如何，可是他能欺侮我，于是张教授为成全我的原因，把我带到北京来。他供给我在中学毕了业，又叫我入大学，这是咱们见面的时候。也就是张教授与欧阳成了仇敌的时候。

“他也来到北京。他的立意是强迫我由着他的意思嫁人，他好从中使钱。姓王的，姓赵的，姓李的，多的很，他日夜处心积虑的把我卖了，他好度他的快活的日子。对我他以夫妻的关系逼迫，因为我们并没正式结婚，自然也就无从说离婚；那么，我不答应他呢，他满有破坏我的名誉的势力。对张教授呢，他恫吓，讥骂，诬蔑，凡是恶人所能想到的，他全施用过。所幸者，张教授一味冷静不和他惹气，我呢，有你和张教授的保护，还未曾落在他的手里。

“将来如何，我不知道！我只有听从张教授的话，我自己没主意。我只有专心用功以报答他的善意！

“对于你，还是那句话：我感谢你，可是没有言语可以传达出来！

“不能再写了，笔像一根铁柱那么笨重，我拿不动了！

“明天见！

王灵石启。”

“景纯学兄：

“昨天晚上他（欧阳）又来了，他已经半醉，在威迫我的时候，无意中说出来：‘你再不依我，我可叫贺司令杀姓张的！’

“我与张教授决定东渡了，不然，我与他的性命都有大危险！

"我们在日本结婚！

"以前的事，在我死前永远深深刻在心中作为一课好教训。你的恩惠，我不能忘，永不能忘！

"咱们再见吧！我与张教授结婚的像片，头一张是要寄给你的！

"我好像拉着你的手说：'再见！'

"事急矣，不能多写。今晚出京！

"再说一声：再见！

王灵石启。"

## 4

赵子曰看完那两封信，呆呆的愣了半天，一句话没说。

莫大年哭着进来了，赵子曰和武端的心凉了半截！赵子曰嘴唇颤着问：

"怎样了？老莫！"

"老李被枪毙了，昨夜三点钟！"莫大年哭的放了声，再说不出来话。

赵子曰也哭失了声，武端漱漱的落泪。

三个人哭了一阵，赵子曰先把泪擦干："老武！老莫！不准哭了！老武！你去收老李的尸，花多少钱是你一个人的事，你能办不能？"

"我能！"

"把尸首领出来，先埋在城外，不必往他家里送！"赵子曰说："几时有机会，再把他埋在公众的处所，立碑纪念他，他便是历史上的一朵鲜花，他的香味永远吹入有志的青年心里去。老武！这是你的责任！你办完了这件事，是愿和军阀硬干呀，还是埋首去求学，在你自己决定。这是老李指给我们的两条路，我们既有心收他的尸身，就应当履行他的教训——”

“老赵你放心吧，我已经和老李说了：我力改前非，求些真实的知识！”武端说。

“老莫！帮助老李的母亲是你的事，你能办不能？”赵子曰问。

“我能！”莫大年含着泪回答。

“不只是帮助她，你要设法安慰她，把她安置个稳当的地方！没有她，老李不会作这么光明的事！老莫，你明白老李比我早，我不必再多说。”

三个低着头呆呆的坐了半天，还是赵子曰先说了话：

“老莫！老武！你们作你们的去吧！我已打好我的主意！咱们有无再见面的机会，不敢说！我们各走各自的路，只求对得起老李！咱们有缘再会！”